隅田川のエジソン

二〇〇四年七月、隅田川《すみだがわ》上空。

ヘリコプターは爆音を立て旋回《せんかい》している。

夜の空はネオンや高速道路の電灯やオフィスの蛍光灯やらで照らされ、複雑な黒色。

川沿いの堤防脇の公園には、無数の人間が固唾《かたず》を呑《の》んでなにかを見上げている。

一瞬の静寂の後、鈍い爆発音と共に細い火花が上昇し、空へ消え去ったかと思った瞬間、巨大な菊の形をした花火が姿を現した。

東京の夏の風物詩《ふうぶつし》、隅田川花火大会のド派手なフィナーレのはじまりである。

大量発生した昆虫のような群衆は、川の両脇から凄まじい歓声《かんせい》を上げるが、その声もこの怒濤《どとう》の爆発音に掻《か》き消され、無言のまま上空を眺めているようだ。

川沿いに建つ住宅のテレビからは、

「今年も百万人に近い人出です！」

という興奮したアナウンスが流れている。

フィナーレはやはり今年も度肝を抜く勢いで、途中からは花火というより、まさに爆発。煙が上がり、火薬のにおいが充満し、まるで立体メガネで戦争映画を観ているような状態で群衆は見とれている。

最後の一発が浅草《あさくさ》の空を一瞬ピカッと光らせ、毎年恒例のスペクタクル・カタルシスは、今年も無事終わりを迎えた。

夢から醒《さ》めた群衆は花火大会が終わりを迎えると、一斉《いっせい》に川を離れて地下鉄銀座《ぎんざ》線浅草駅へ我れ先に歩きはじめる。

人々の脇には、溢《あふ》れかえるゴミ置き場が見える。さらにその上にゴミ袋を積み重ねる者もいる。

歩行者天国となった道路には場所取りのために貼られたガムテープが残っている。当然のようにそのままに、人々は帰路を急ぐ。

人がいなくなった隅田川沿いの隅田公園には、異常なほど大きい青色の工事用ビニールシートが折り畳まれることもなく放置されている。まるで数時間後に姿を見せる灼熱の太陽に照らされることを覚悟して、静かに待っているようだ。

すると、公園の中にある植栽《しょくさい》から一人の男の顔がひょこんと出て来た。

男は顔を突き出したまま、辺りをキョロキョロと見渡している。そして放置されている巨大なブルーシートの方へ向った。

シートの前に立った男は、それを手に取り、なにやら確認している。

「ようやく、一〇メートル×一〇メートルが見つかった」

そう言うと、男は慣れた手付きで丁寧にそのブルーシートを小さく折り畳み、右脇に挟んでまた植栽の中に隠れている自分の家らしきところへ戻って行った。

「おい、マーコ！」

と男が呼ぶと、中から女が出て来た。

「はいはい、とーちゃん。どうしたの」

「ホラ見ろ！　でっかいシート見つけたぞ。これでまた大きな家が作れる！」

「へー、そうなの」

女は素っ気ない。男はガッカリした顔で、

「お前はなにを考えて生きてんだよ。まあいいや。そら、早く家を建て直すよ。準備しな」

と言って、これまた植栽に隠していたらしいリアカーを引っぱり出して来た。

そのリアカーの上に、家の中にあったものを片っ端から詰め込んでいる。どうやらどこかへ移動するようだ。

「それにしても汚《きたね》えな。人間は集団になるとたまったもんじゃないね」

「でもいいじゃない、アルミ缶がいっぱい集まるんだから。ブルーシートもとーちゃん欲しかったんでしょ」

と言いながら、女はせっせと白い買い物用ポリ袋にアルミ缶を潰しながら集めている。

男はリアカーにすべての家財道具を詰め込み終えたようだ。

そして、リアカーを男が前で引っぱり、女は後ろから少しだけ押して隅田川沿岸の方へ移動して行った。


男の名は、硯木正一《すずりきしょういち》。女の名は、マーコ。ふたりは隅田川沿いに住んでいる。いわゆる路上生活者《ろじょうせいかつしゃ》である。

普段はきちんと小屋を建て、川沿いに暮らしているわけであるが、毎年花火大会の時期になると、川沿いには打ち上げ会場を設置するため、一時的に裏の公園に撤去されることになっている。そのため持っているリアカーに家財道具を全部載せて公園に仮小屋を建てるのである。その期間は一週間。

しかし、それはそんなに嫌なことじゃないようだ。なぜなら、花火大会の後には恐ろしいほどのゴミが出る。そして、硯木とマーコら路上生活者にとってそれはゴミなんかではなく、むしろ宝物なのである。

彼らは都市のゴミを再利用、転用、換金することによって、0円で生きている。今年もたくさんの収穫があったようだ。建て直した家の中では、ペットボトルに入った宝焼酎で収穫祭が行われている。

硯木正一は現在、五五歳。この隅田川での路上生活はまもなく、まる六年になる。

東京という大都市の中で、誰も考えたことも実行したこともなかった方法で生きている人間がいた。その生活は現代の狩猟《しゅりょう》採集生活とも考えられるような原始的で、かつ未来的なものだった。それは東京でしかできないやり方であり、また東京に住む人間たちがすっかり忘れてしまったことであった。

これからはじまる物語は、その生活の記録である。

モノローグ

一九九八年九月、弁天山《べんてんやま》児童公園《じどうこうえん》。

カラスの鳴き声とゴミ収集車のエンジン音に混ざって、キーコキーコと金属の擦《す》れる音が聞こえている。不思議な不安を感じ、おれは目を覚ました。

昨日の酒で頭が痛い。しかも、おれの体は揺れており、さらに気分が悪い。

固まってしまった日ヤニを削り取り、現状を確認すると、どうやら飲みすぎた挙句、公園の中にある揺りかご風ブランコに座ったまま寝てしまったようだ。

ぼんやりとしたまま立ち上がり、手をズボンの後ろポケットに突っ込んでみた。財布が無くなっている。

いやいやそんなことはない、おれは手提《てさ》げ鞄も持ち歩いているのだ、その中にあるのだろうと揺りかごから辺りを確認するが、その肝心の鞄はどこにも見当たらない。

おれは揺りかごから降り、セーターの胸ポケットに一本だけ残っていたハイライトに火を点《つ》けて、とりあえず落ち着いて考えた。

さては完全に盗まれたか？　全財産の入った財布と、家財道具一式を詰め込んだ鞄の両方を。

時計を見ると午前七時。公園の清掃員が竹箒《ぼうき》で掃除をはじめている。ここは、弁天堂の横にある児童公園。目の前には浅草寺《せんそうじ》。

一九九八年九月早朝、今年で満五〇歳を迎える硯木正一は無一文になりました。

とりあえず石段を上がり、公園に隣接する丘の上の弁天様に報告。

皮肉だね。

昨日までいた西浅草《にしあさくさ》の『ふもと旅館』には、もう泊まることが出来なくなってしまった。とぼとぼと隅田川の方へ歩いて行く。

橋の下で何日か寝転んで、この先どうするか考えてみることにしよう。しかし、早かったな。まだ上京して一ヶ月も経ってない。この展開、笑うしかない。

旅館に訳言って二、三日お世話になることも考えたが、あんまりそういうのは好きではない。ダンボールを三つほど拾って一緒に持って行った。

おれは栃木で生まれ、仕事は土方専門。最後に勤めたのは福島の小さな建設会社だった。

土方が本当に好きでね、とにかく機械の操縦や、道具の扱い方を上達させるのが趣味。みんな嫌々やっているのに、自分だけは興奮して夜までやっていたよ。だから、どこの会社の社長からも気に入られるわけ。

　仕事が細分化している大手の会社が嫌いだから、とにかくなんでもやれる小さなところばっかり行ってた。自分で整地して、測量して、ユンボで穴掘って、配筋して、コンクリ流して基礎作って、その工程のすべてが好きなのよ、ホントに。とくにユンボ。アレには相当入れ込んだ。

　社長は、どんどんやれって免許を取るお金も出してくれていたおかげで、いくつもの資格を持っている。

　とにかく仕事が仕事じゃなかったね、遊びに近いわけ。そんなに働くから金も悪くない。月に四、五〇万は稼いでたからね。家族もいないんで使い放題。貯金もしないから飲み放題。

　その社長から
「スー、お前がいるとみんなが退屈しない」

なんて言われて、終《しま》いには社長宅の向いにあった、平屋の一軒家にタダで住まわせてくれた。

　そんなこんなでとにかく仕事をバリバリやっていたら、発注元の清水《しみず》建設の部長から、ぜひうちに来てくれないかって誘われたよ。もちろんそれはすぐ断ったけどね。とにかくなんでも追求することが好きだった。

阿部道《あべとおる》っていう競輪選手の、『どんな道でも、その道のA級になりなさい』という言葉が好きなのよ。どんな仕事でも面白いからねぇ。

一番好きなのはダムだね、ダム。山の中の複雑な仕事。神奈川にある宮ヶ瀬《みやがせ》ダム。これが面白いのよ。山っていうのはどこもまっすぐじゃないから、コンクリートの壁一枚造るのでも、難しいわけ。働いている連中は、出来るだけ面倒臭い仕事はしたくない。だけども、こちらはアドベンチャー好き。だから、みんなあれもこれも、

「おい、スーやれ」

と言うわけよ。やればやるほどハマったね。そして上達する。そこがまたたまらない。ダム工事のおかげで、稼ぐわ、技術は習得するわ、水についても詳しくなるわで、かなりレベルが上がったよ。

ついでに言っておくと、水。東京の水なんて飲めたもんじゃないって言っているやつもいるけど、そんな人間の言葉を信用しちゃいけないよ。こっちはダム造ってたんだから。浅草は台東区《たいとう》。ここは、栃木と群馬からパイプラインで来てる。一流の衛生システムだよ。

コンビニで『東京水』って売っているのを見たことがありますか？

あれは金町《かなまち》浄水場の水をそのまんま入れてるんだよ。ということは水道水と一緒のやつなのに、ペットボトルに入れると飲むんだから、不思議なもんだよ。

まぁとにかく、おれは、仕事を金のためではなく、自分の面白さの追求のためだけにやってきたわけ。

しかし、今、無一文になってしまった。仕事道具も、作業着も靴も全部盗まれちまったから働くことも出来ない。まぁおそらくなんとかなるとは思うけれど。いつもそんな感じだからね。

結局、その福島の建設会社は、会社的には調子良かったのに、社長が保証人になっていたやらなんちゃらで、借金作っちゃって、会社と家を売ることになった。

でも社長は偉いよ。借金、たぶん信じられないくらい抱え込んじゃっているっていうのに、おれに四〇万円くれたからね。社長と泣いたよ。奥さんも一緒にね。

それでおれはその金持って、東武《とうぶ》鉄道で終点の浅草までとりあえず乗ってみたというわけ。仕事なんかどうにでもなる。ついでに競馬もやりたいなあ、なんてこと考えながら。

とにかく遊び半分で来たわけ、浅草には。

昔、遊びに来た時に泊まっていた一泊三千円の『ふもと旅館』がまだ健在だったので、とりあえずそこに滞在することにした。

四〇万円無くなるまで酒飲んで、競馬して、無くなったら土方の仕事でも山谷《さんや》で探す予定だった。

三週間のうちに二五、六万使っちゃって、残りが少なくなったので、明日からは仕事のことでも考えようかなぁと思ったら、コレだからね。ついつい、公園で寝ちゃって、全部盗られて。

本当におれはなにやってるのかね……、でも不思議と辛《つら》くない。むしろアドベンチャーのはじまりを感じていた。

1

金の無いやつはやっぱり橋の下だ。でもせっかく寝るならどーんと勢いのある橋がいいねと思って、いろいろ歩いて探したら、まっすぐで、男らしい橋発見。名前もいいね、『言問橋《ことといばし》』。

すっかり気に入り、歩いて行くと、さすがは橋の下。もうすでに何人かが寝ているではないか。数えてみると五軒あった。段ボールで壁を作り、中には新聞紙を敷き詰め、毛布をかけて寝ているようだ。屋根は橋の下だから要らないわけだ。

見よう見まねで自分の家も作ってみた。後で、新聞紙も拾って来る必要があるな。まぁどうせ、一時しのぎだ。これで一週間ぐらいはいけるだろう。その間に仕事でも見つけよう。

ごろんと段ボールだけで出来た新居に寝転び、上を眺めると、おれの家の隣にバカでかい貝塚のような物体があるのに気付いた。

はじめはただのゴミが集積しているだけのように見えていたが、すぐにそれが人の手によって意識的に集め、陳列《ちんれつ》、構成された一軒の家であることが分かった。

大きさは二メートルを超えているのではなかろうか、橋の天井にまで達している。ブルーシート、子ども用のレジャーシート、赤のチェックのビニールバッグ、ジャケットやTシャツ、ベニヤ板、政治家の名前が書かれた看板、日の丸、普通の家の玄関ドア、網戸、漫画雑誌などあらゆるものが積み重ねられている。

土方のおれが判断するに、全く構造的なものを考えていない。ただただ積み重ねているだけだ。

バカだ、こいつは。

しかし、その現代の貝塚のような物体は、不思議なことに美しい感じがした。よく分からんがかっこいい。

おれは体を起こし、その物体に近づいた。そして細部を観察することにした。

物体の近くに寄ると、鼻歌が聞こえてきた。やはり、中には人が住んでいるようだ。しかし、入り口が見つからない。ぐるりと回ってみると、ジーンズが垂れ下がっている。そのジーンズを暖簾《のれん》のようにひらりと捲《めく》ってみると、ジーンズが奥にもトンネルのように何枚も垂れ下がっている。

どうやらこれが玄関か？

気色が悪くなってきたので、とりあえず中に入るのは遠慮して、引き続き家の周辺の調査を行うことにした。

すると家の横に妙なものを発見した。週刊ジャンプやマガジンやサンデー等の角張った週刊漫画雑誌を積み重ねて、ひな壇のように五段の階段状の棚を作っており、そこにはひな人形ではなく、自作の盆栽《ぼんさい》のようなものが丁寧に陳列されている。明らかに陳列している。

盆栽といっても本物の植物を使っているわけではない。プラスティック系のゴミを集めて花瓶《かびん》のようなものを作り、そこに造花を生け、ボールペンや定規《じょうぎ》を植物の茎に喩《たと》え、先っちょに広告のチラシを折って花にしたものを取り付けてある。さらにその中に、ミュータント・タートルズや、ピエロや、ピカチュウなどの人形をねじ込ませた独自の人工盆栽であった。

どう考えてもゴミの集積なのであるが、あまりにも綺麗に並べられていて、それらはまさに作品であった。

結果、おれはジーンズのトンネルを抜けて、スンマセーンと言いながら、鼻歌の鳴る内部へと入り込んで行ったのである。

中はとにかく狭い。紙切れや、プラスティックの切れ端などが無数に散らばり、まるでソファのようになっている。

一人の男がそれに寄っかかりながら、蠟燭《ろうそく》に手を近づけて、あの作品を作っている。おれが入ってきたのに全く気付いていないのか、黙々と作業を続けている。

「あのー」

また声をかけてみた。

「誰？」

男は、顔を作業中の手から少しも動かさず言ってきた。

蠟燭の火に照らされた男の顔は、丸く黒く毛むくじゃらで、カールおじさんのような髭《ひげ》をたくわえている。しかし顔は童顔だ。家の中だってのに、青色の帽子を被っている。ヤクルトスワローズのマークがぼんやりと見えた。

背は低く、さらに太っている。なぜこんな生活なのに痩せていないのであろうか？　さっきから忙しく動いている作業中の指には、なぜか固まった蠟がたくさんへばり付いて汚い。しかし、動きは俊敏である。

「硯木正一。スー。昨日の夜に弁天堂の公園で財布と鞄を盗まれて、無一文になっちゃったんだよ……」

「それは大変だったね、僕の名前はクロ」

しかし、作業は続いている。

「なにを作ってんのかい？」

「んっ、これのこと？　これはね、あのね僕ねヨーロッパとかの花瓶が好きなのね。これこれ、ちょっと見て。この写真」

と言って皺《しわ》くちゃになった一枚の写真を、作業場の横のクリアボックスから出して来て、おれに手渡した。それは、よくある洋物のインテリア雑誌の一ページで、テラコッタの敷き詰められた日当たりのいい部屋の窓際に、大きな陶器製の花瓶が置かれ、そこに西洋花が生けられている。花瓶はボン・キュッ・ボンといった風体《ふうてい》で、両脇には曲線が美しい取っ手があり、まるで女性の裸体のようであった。

「これにハマっちゃってさ、これを作りたいって思ったのよ。あはっ、うふっ」

クロはそのつもりらしいが、元ネタを遥かに超えて、狂人の作品と化していた。

「いいよ、かっこいいよ」

おれは正直に言った。

「サンキュ、スーさん、うれしいよ。今作っているので七〇〇個目なのよ。メモリアル」

「どこにあるの、七〇〇個も」

「気に入ったのは、外のショウケースに飾るけど、あとは毎年二回老人センターで展覧会をやっているから、そこで大体は欲しがっている人にあげちゃうよ。台東区には僕の作品が至るところにあるってわけよ」

「売ってはないの？」

「売ってない、売ってない。みんなあげちゃうよ。いる？　スーさん」

すっかりおれはクロが気に入った。

クロ、まだ四〇ぐらいかと思ったら、おれと同い年だった。隅田川にはもう五年もいるという。毎日二〇時間、作品作りに専念しているらしいリバーサイドアーティスト。

こういうやつがいてくれて、途端にうれしくなってきた。

「スーさん、腹減ってないの？」

と聞いてきたので、朝からなんにも食べてないことを伝えると、クロは作業している手を止めて、机の下から白いビニール袋を取り出し、中から箱を二つ、おれの目の前に置いた。

三色鶏そぼろ弁当と唐揚げ弁当。それらはまさしく、賞味期限切れのコンビニ弁当だった。

「それあげるよ」

クロは笑いながら言った。

「二個もくれるのか？」

「いいよ、いいよ。もう二個持ってるから。四個も食べきれないよ」

と言って同じ袋に入っている残りの弁当を見せた。

おいおい、どうなってんだよ。初日から、弁当か。と、ほくそ笑んでいると、

「煙草《たばこ》もあるよ」

とラッキーストライクのボックスをポンとこちらへ投げて来た。中には、ほとんど吸っていないシケモクがコレクションされており、吸い口には透明のフィルターが装着されていた。

すごい。その中に一本だけあったハイライトを見つけ、それを貰った。

「おいおい、クロ、どうなっちゃってんだよ、弁当に煙草に……」

「すごいでしょ。でも、それはモチヅキさんって人のおかげなのよ」

「誰だよ、モチヅキさんて」

「まぁ、仙人みたいな人だよ。スーさんもこの世界に入って来たんだから、モチヅキさんに挨拶しておかないと。ちょうど明日顔を出そうと思ってたから、一緒に行こうよ」

すると、クロはこれまた奥から宝焼酎の二・七リットルのペットボトルとグラスを二個出して来た。

乾杯。

おいおい。なんで路上生活一日目から、腹いっぱい弁当食って、煙草吸って、焼酎飲んでんだろう。おかしい、どう考えてもおかしすぎて笑ってしまった。クロもそれを見て笑っていた。

旨《うま》いな、宝焼酎。

せっかくダンボールハウス作ったってのに、おれはプラスティック屑《くず》で出来たカサカサの天然ソファに埋もれて眠っていた。

＊

鳩の声、人が動いている音……、懐かしい。まるでキャンプだ。地面の匂いもする。でも家の温《ぬく》もりのようでもある……。少年の頃に戻ったような原始的な朝だ……。

そうか、おれは文無しで、道の上で寝てるんだ。と思い出し、外へ出てみると、隅田川。

なんだって、こんなに気持ちいいのよ。少し肌寒いのがまた心地好い。川面には朝の光が直撃して、まるで金色の海苔《のり》が浮いているようだ。これって幸せなのではないか⁉

いや、これは勘違いでもないぞ、一体、人間はいつの間にこの最高の朝の瞬間を失ってしまったのか。夏に行くキャンプでしか味わえないのか。よく分からんが、おれは舞い上がった。

地面と近いって、美しい。

今の人間の家は間違っている。おれはそう確信した。おれは人類にとって一番シンプルでなおかつ素晴らしい生活を、この隅田川河岸《かがん》で取り戻すのだ、と力んでいると、

「なにやってんの？」

とクロの声。しかし、クロは見えない。なぜなら、クロは餌を求めて飛んで来た鳩に覆《おお》われてすっぽり隠れてしまっているのだ。

クロはまるで鳩のマントを着たような格好になっていた。小刻みに羽をばたつかせる鳩と戯《たわむ》れるクロの手には透明のビニール袋。しかもデカい三〇リットルのやつを持っている。そして、その中にはパンの耳が満タンに入っている。クロがビニール袋の中に手を突っ込むとさらに鳩がざわつきはじめた。

遠くからは噂を聞きつけた鳩が次々と飛んで来た。オレンジ色の太陽の光が熱いスポッ

トライトのようにその光景を照らしている。

クロよ、お前はこの朝に鳩の餌をあげて、素晴らしさを満喫してるんだな。しかしそれにしても鳩の数が多いな。

「おい、クロ、なんだこれ、毎日、こんなに食べに来るのか？」

「そうだよ」

袋いっぱいのパンの耳は瞬《また》く間に無くなった。

おれの朝食は、クロからのお裾《すそ》分《わ》けで、蜜柑《みかん》とコンビニおにぎり鶏五目一つ。水道水。いやあ、朝食もしっかり摂っちゃってるよ。水は冷たいけどね。温かいお茶が飲みたい。

二人で川沿いの遊歩道に設置されているベンチに座って食べる。

目の前では、犬と散歩している老人や、ジョギングしている出勤前のサラリーマン風の男などが行き交っている。

食後に、クロからシケモクを貰う。今日はキャスターマイルド。また付属品のフィルターも貰って吸う。

しかし、なんでこんな長いシケモクが落ちてるんだろうね。もったいない。

江戸時代の日本人ってのは、なんでもかんでもリサイクルしていたらしいね。この前、

NHKで言ってたよ。蠟燭を燃やした時に溶ける、あのカスも集めて売っていたらしい。すごいね、江戸。ということは、おれもクロも江戸の血を受け継いでるってことか。NHKでも、これからは江戸の心の復権が望まれます、と言っていたからね。一歩先行ってるのかもしれん。

横を見ると、相変わらずクロはぼーっと隅田川を走る貨物船を眺めている。

今日は違う帽子を被っている。黒地に白で「TSUBAME」とアルファベットで刺繡されている。それは九州を走ってる電車『つばめ』と同じ書体をしていた。

九州か、懐かしい。昔、土方で行ったなあ、競輪場に行ったなあ。おれは回想に耽《ふけ》った。

いやいや、そうではなくて、帽子のことだ。これから寒くなるし、帽子が必要になる。おれは、ニット帽がいい。土方時代もずっとニット帽だった。

そんなことを考えながらシケモクを吸い終えた。

「スーさん、そろそろ行こっか」

「どこへだよ?」

「昨日言ったじゃないか。モチヅキさんのところへだよ」

「あっそうか」

「モチヅキさんに会って、これからはじまる路上生活のイロハをしっかり叩き込まないと」

「ほう」

おれはよく訳が分からなかったが、クロの話を聞いていると、相当すごい人のようだったので、行ってみることにした。

モチヅキさんという人のおかげで、クロはコンビニ弁当を一日に四、五個も食べ、シケモクは長めのやつをたっぷり持っているし、酒もあるわけで。一体どうやって手に入れているんだろう？

それにしても、昨日から、おれは詰まるところ、ホームレスってもんになったらしいのだが、なぜこんなにも楽しんでいるのか。この後、どかんと地獄が待っているのか。なんだか、そうとも思えん。

クロの家の洗面所で顔を洗い、クロに貰った歯ブラシで歯を磨き、支度を整えた。

洗面所というのは草野球に持って行きそうな水タンクのことだ。石鹸は毛むくじゃらの裸の外人の人形が付いた石鹸置きに置かれ、よく風呂場に置いてあるような鉄製の網棚にしっかりレイアウトされていた。

とはいえ、クロはずぼらな性格であるようで、おそらく本業の花瓶制作に全神経を注ぎ込んでいるらしいので、他のことには全く手を付けられないのだろう。全体的にはかなり雑然として、はっきり言うと汚い。しかし、物はちゃんと揃っている。

クロはもう準備万端なようだ。なぜかニコニコしている。

「スーさん、早く行こうよ」

「オッケー。どうした、クロ。お前さっきからニヤニヤしてるぞ」

どうやら、クロはおれのことをすっかり気に入ってくれているようだった。

昨日、酒を飲んでる時、結構愚痴《ぐち》っていた。煙草が無くなると来るやつがいて、あげるとまたすぐどっかへ行くだとか、金を貸したが返してもらえないだとか。

クロはお人好しすぎる。さっきの鳩にあげてたパンの耳も相当な量だ。自分は食わずに、人に鳩にあげまくって、クロは一体なにを考えているのだろう？　バカ野郎だ、本当に。

まさにギブ＆ギブ＆ギブ。でもそれは、おれの好きな言葉でもある。


橋の上に出て、言問通り沿いをクロと歩いて行く。モチヅキさんは、ここから歩いて少しのところにある花川戸《はなかわど》公園《こうえん》に住んでいるらしい。

クロは歩きながらキョロキョロしている。

「ねぇねぇ、スーさん」

「どうしたよ？」

「ちょっとあれ見て、アレ」

と指差した先には交番が見える。

おれら、ホームレス男二人が交番なんかに行ったら面倒臭くなるよ、おいおい、やめとこやめとこ。と思ったがクロはすでにしゃかしゃかと向っている。

交番前に到着すると、今度は中を指差し、おれを手招きしている。

「スーさん、見て、見て！」

「なんだよ」

「あれだよ！」

とクロが言うので、警察官に敬礼しながら、交番の中を覗く。すると、クロの作ったあの七〇〇個を突破したというプラスティックの人工盆栽が陳列されているではないか。

どうした警察官たちよ。血迷ったか。

クロは、ヨッとその警察官たちに挨拶し、なにか喋っている。

クロの話によると、例の人工盆栽は、台東区のいろんな公共施設、食堂、工場などにも数百個散らばっているらしく、至るところで見ることが出来るようなのだ。

「でも、はじめは珍しがって欲しがるけど、すぐ捨てるからね。そんなもんだよ」

「そっか」

とおれが言うとクロは、

「僕は、あの花瓶をずらりと並べた美術館を造ってみたいんだけどね」

と、ぽつり呟いた。

そんな話をしながら歩いていると、浅草らしい土産物屋が見えてきた。饅頭《まんじゅう》の湯気。どこも開店の準備をしている。

クロは、こっちこっち、と言ってその大通りから一本の路地に入って行く。すると、少し大きめの公園が現れた。入り口の看板には花川戸公園と書いてある。

「こっち、こっち」

クロが手招きする先には緑色の金網で囲まれたテニスコートがある。誰もテニスなんかやってない。クロは、その誰もいないテニスコートの方へ歩いている。それにおれも付いて行く。ぐるっと金網を回って行くと、テニス道具なんかを入れるんだろうか、イナバ物置のようなベージュ色した倉庫が見えてきた。クロはさらにその倉庫とコンクリートの塀の小さな間を抜けて行く。

物置の裏には、茶室のような小さな掘立小屋があり、その外壁はブルーシートで覆われていた。そして、驚いたことにその小屋の前ではなにやら宴が催されているではないか。まだ、朝だよ。

どこかの部屋のドアを転用したのだろう、ドアノブが付いたままの大きな板の上には宝焼酎四リットルのペットボトルが数本並び、コンビニ弁当、スナック類、さらには焼き鳥までが並んでいた。五、六人の男がそのドアテーブルに群がり、煙草の煙にまみれながら、どんちゃん騒ぎを繰り広げている。

クロはその男たちにからかわれながらも、おれを呼んだ。クロがいる小屋のところまでおれは宴会中の男たちを避けながら向う。

掘立小屋は、目の前に立つとさらに小さく見えた。こんなところに人が住めるのかと思うような極小の小屋だ。小屋の壁には苔が生えている。しかし、見た目は全く汚くない。古いが常に手入れをしていることが分かる。おれは好感を持った。

こんなところに住んでいるのは一体どういう人間なのだろう。入り口は簾《すだれ》で覆われていた。

「すいませーん。クロです」

とクロが呼びかけると、自動装置が可動したように静かに簾が上に巻かれていく。

小さい空間の中に、折れ曲がるようにしてモチヅキさんであろう男は座っていた。手には、簾を引っぱっていた紐を握っている。

仙人のような風貌を想像していたおれの期待を見事に裏切り、彼はサングラスをかけ、白髪のチョビ髭、もう大分寒くなってきているのにアロハシャツを着込んでいた。

おそらく七〇歳は超えているだろう。完全なハイカラ爺《じい》さんであった。あまりにも無邪気な笑顔でこちらを見ている。

「モチヅキさん、こちら、昨日からおれの横で住み出した、スーさんです」

「はじめまして、スーです」

「モチヅキです」

モチヅキさんは落ち着いた声で次のように話し出した。

「スーさんや、路上で暮らしはじめたからって、なんも心配することはないよ。路上では退屈することが一切ない。路上では拾えないものなんてなに一つない。嘘だと思うならこの辺でもちょっくら一周して来てごらんよ。ここでの稼ぎ方、食事の取り方、家の作り方、なんでも教えてあげるよ」

そして、モチヅキさんは彼の後ろに置いてある白いビニール袋からコンビニ弁当を五つぐらい取り出して、おれに手渡した。

「腹減ってるだろ。食べろ、食べろ」

もうどうなっているのか分からなくなってきた。そしてなんとも言えない安堵《あんど》感がおれを包み込んだ。

「煙草は？」

「もちろん、無いです」

「そんなの知ってるよ、違うよ、銘柄だよ」

完敗。

おれがガクっとしている横でクロが爆笑していた。

と言うと、モチヅキさんは、

「ハイライトっす」

と言うと、モチヅキさんは、

「おい、ゲン」

と宴最中の男たちの方を向いて呼んだ。

すると、白のポロシャツにグレーのスラックスを穿《は》いた男が立ち上がった。

男の服装は綺麗だが、原始人みたいな顔をしている。毛深い腕をむき出しにしている。よくぞ、こんな自然児が東京に棲息《せいそく》していたもんだ。その洗練されなさに、おれは美しさを感じた。

しかも、その男は右腕が無かった。

「はい、はい、煙草ですか？　ハイライトでえ」

と言うと、ゲンは手に持っている黒いハンドバッグの金色の鍵を、左手だけで器用に開け、中から煙草の箱を取り出した。それは、封は切られていたが、まさしくハイライトだった。

中を見ると全部、ハイライト。もちろん新品ではない、すべて長さのあるシケモクだ。

「今回は、サービスね。それ、あげるよ。フィルターもいる？」

ゲンはポケットから透明のフィルターを取り出して見せた。

「人が口つけた煙草だから、フィルターが無いと気持ち悪くて吸えねぇやつもいるからね。路上に住んでるのに贅沢だよな」

「ゲンは、シケモク専門だから、言えばどんな銘柄の煙草でも出てくるよ。これがそいつの仕事だから」

とモチヅキさんは、自慢の右腕のような感じで紹介をした。

ゲンはシケモクを、しかも長いシケモクを拾えるところを独自に開拓しているらしい。巣鴨《すがも》のオフィス街によく行くと言っていた。ストレスがたまっていて、ただ手持ち無沙汰で吸っている人間が多いところを探すんだそうだ。箱じゃなくて、バラ売りもしているらしい。

そんな生業《なりわい》がこの花の都大東京に存在することだけで、おれは胸が高鳴った。

「とりあえず、まずは飲んで飲んで」

とゲンに誘われ、宴の輪に加わる。なんとそこには魚の刺身が綺麗に並んでいるではないか……。

「おい、クロ。モチヅキさんはなんの仕事をしてるのかい？」

おれは聞いてみた。

「モチヅキさんはなんにもしてないよ」

クロは即答した。

「はっ？　どういうことだよ。じゃあ、この食い物、飲み物はどっから調達して来るんだよ！」

「なんていうのかな、モチヅキさんは総司令官なのよ。モチヅキさんは頭いいからさ、いろんなアイデアを持ってんのね、その話が面白いもんだから、みんなが集まって来るわけ。そこに集まってきた人間がモチヅキさんのアイデアを使ってお金を稼ぐというわけよ。そして、その金でまた食い物、酒を買って来て宴会が開かれる」

「それじゃエンドレスだ」

「そういうことよ。だからモチヅキさんは全く働かないのに、毎日朝っぱらから、モチヅキ邸の前では宴がはじまるんだよ」

「ふーん」

おれは刺身を食った。

「これ、バカみたいに旨いな」

「そうだよ、築地《つきじ》直送だからね」

クロは自信たっぷりにそう言った。

「なんでこんなところに直送されてくるんだよ⁉」

「モチヅキさんには、後援会っていうか、まぁつまりはパトロンがいるんだよ」

もうなにがなんだか訳が分からなくなっていた。パトロンなんて今頃いるのか。しかもここは川沿いの掘立小屋の中。

しかし、クロはあたかも当然のようにそのモチヅキさんのパトロンについて話し出した。

パトロンは築地の魚河岸《うおがし》で働いている人間らしい。毎日、仕事帰りにモチヅキさんのところへやって来ては、酒、刺身、お金を置いていくんだそうだ。

どうりで刺身が旨すぎる。安物じゃない。

「そういう人が一人じゃない」

と隣で聞いていたゲンが割り込んで来た。

「ここは自然と人が集まる場所なんだ」

ゲンは満たされた顔でそう言った。

おれは興奮した。

モチヅキさんは直感を使うのが仕事なわけだ。バラ売り煙草の生業も素晴らしいじゃないか、さらにはそんな人間を一般人たちがパトロンとなって援助している。ここには臨場感がある。

おれはすぐには路上生活を止めたくなくなってしまった。みんな時代劇に出て来そうな、いい顔をしている。


結局、この日は夜まで飲み続けた。

クロは、人工盆栽を作るために夕方頃、早めに帰って行った。そんなあいつもいい。

帰り道のおれの手には、コンビニ弁当五パック、煙草満タン、ポカリスエットのペットボトルには宝焼酎まで入っていた。

「東京では0円で暮らせる」

モチヅキさんが言っていたことを思い出し、帰る途中に自分の家の周辺を歩いてみることにした。本当に拾えるのか？

適当に歩いてみると、夜なのにゴミ置き場にはたくさんのゴミ。ゴミを夜に出す人も多いようだ。

まず、本。漫画雑誌、単行本、いろいろある。おっ、グラビア写真集もある。よしよし。電化製品もある。電源が無いから使えないけれど、これは売れるかもしれない。ソニー製のラジカセを見つけた。これ、たぶんまだ壊れてない。

そんなこんなでゴミ置き場からは無数の宝が見つかった。

なにやってんの日本人。おれは本当に恥ずかしくなった。そしてうれしくなった。路上生活者として。ありがとう日本人。もったいなくてありがとう。両手に持てるだけ持って、家に帰って来た。

おれの帰宅に気付いた制作中のクロが出て来た。

「おー、スーさん、いいの拾って来たねぇ。筋《すじ》いいよ。明日これをモチヅキさんのところに持って行こうよ」

二人で、モチヅキさんのところから貰ってきた宝焼酎を、コンビニ弁当を肴《さかな》に飲んだ。

「んー、コンビニ弁当はやたらと旨いけど、こればっかり食べてたら、体壊すかもしれんぞ、クロ。ほんとは自炊した方がいいけどな」

「でもガスはないからねえ、路上には。スーさん、でもこの唐揚げ旨いよ、ほら」

相変わらずクロは無邪気な同級生みたいだ。

おれは今後どうするかを一人で考えていた。まずは食生活を安定させて行く必要がある。完全にスイッチが入ったね。

2

次の朝、おれとクロは手分けして、昨日拾って来たゴミ群をモチヅキさんのところへと持って行った。もちろん今日も彼の家の前では、宴が繰り広げられている。

おれとクロが家の前で拾って来たものをごろっと転がすと、モチヅキさんは笑みを浮かべながら言った。

「ほら、なんでも捨ててあっただろう」

おれはこくりと頷いた。

すると、モチヅキさんは一つずつゴミを手にして説明をはじめた。

「まずは、本。これは国際《こくさい》通り沿いの古本屋『ブックスムゲン』に持って行く。そこだけは身分証明書無しで買い取ってくれるから。しかも、なんでも取り扱っているから、いいよ。グラビア写真はたまに掘り出しモンがある。見つけたら見逃してはいけないよ。かなり高値で取引されるから」

「ほう」

「電化製品は、リサイクルショップの『リバース』って店があるからそこに持って行くこと。そこで売れない商品もあるから、それは玉姫公園《たまひめこうえん》で二日に一回開催されるドロボウ市に持って行くといいよ。そこではなんでも売れる。ちょっと安いがね」

「ドロボウ市ですか？」

「とは言っても、別に盗んだものを売っている場所ってわけではないよ。拾って来たものを物々交換出来るところでね。たまに一般人も来るよ。品はいいからね」

「空き缶も売れるんですよね？」

おれは聞いてみた。

「空き缶も売れることは売れるが、今は、キロ五〇円にも満たないからね。草臥《くたび》れ損だと思うがね。それはスーさん次第だ」

とにかくモチヅキさんは詳しい。しかも、自分は一切拾って来たものを売ったりしないんだから変な感じだ。なぜ生きて行けるのかと思っていたが、話せば話すほど逆におれは納得していった。

こりゃ大変な才能だ。毎日、東京のゴミ群をどうやって、お金に換えていくかをモチヅキさんは哲学的に思考し続けている。頭脳役ってことだ。

他のやつはなんにも考えない。ただ、道に落ちている物を拾って来るだけだ。それじゃ、駄目だぞとモチヅキさんはおれに念を押した。お前は勘がいいから、自分のやり方を見つけて稼ぎまくれとも言ってくれた。

なんだか、昔を思い出したね。一緒だよ、一緒。あの頃の土方仕事と。むしろ、こっちの方が面白いかもしれん。

工夫の人生はバラ色である。工夫、工夫。工夫しまくって誰にも考えつかないような路上人生を送ってやるぞと、おれは意気揚々でニヤニヤ顔になっていた。

さらに、モチヅキさんはもう一つ稼ぎ方を教えてくれた。

「スーさん、あとはテレホンカードだ。あれは意外と稼げる。電話ボックスに行けば、何枚でも拾える。使い切ったゼロカードでも一二円で売れるからね。残りがある残カードや、まだ一回も使っていないサラカードは七掛けで買ってくれる。買い取ってくれる店は、これまた国際通りにある金券ショップ『ゴールドカード』だ」

本当にどんなゴミでも換金出来るってことかい？　まさしくＮＨＫが言っていた江戸の姿と一緒じゃないか。コンクリートジャングルに成り下がってしまったと思われていた東京も実は、裏の姿は江戸の粋《いき》が残っているのかもしれない。

おれはもう完全に鼻歌モードであった。

話を聞いた後、すぐにおれはそのゴミ群を教えてもらった店に持って行った。モチヅキさんの名前を出すと、もちろんすぐに買い取ってくれた。

おれの手元には千円札一枚と一〇〇円玉が二枚。無一文ではなくなってしまった。しかも、モチヅキさんに初めての稼ぎを報告すると、お前が稼いだもんは自分でしっかり使いなと言って、さらにポケットから千円札を出しておれにくれた。放心状態でおれは二千二〇〇円持って家に帰って来た。

「へー、初日で千円オーバーって、スーさんセンスあるよ。お祝いしなきゃね」

クロはおれを絶賛し、乾杯しなきゃ、乾杯しなきゃと言いながら自分の家から焼酎を持って来た。クロはいつもただ喜んでくれる。金を貰ったりする気配なんて微塵も無い。むしろ喜んで自分の酒を振る舞うのだ。

「これで、スーさんも、しっかりみんなの仲間入りだね。どう？　この生活も悪くないでしょ？」

クロは、とにかくおれがこの路上生活を楽しんでいることをやたらと確認したいようだ。

結局、クロは大きい家に住んでいるのに、おれのダンボールハウスで過ごした。おれとクロは狭い細長いダンボールの中で、動物のように眠りこけた。


朝起きて、散歩がてら浅草駅周辺の電話ボックスを回ってみた。すると、あるわあるわ。

日本人はバカか？　なんでこんなに忘れもんが多いの？　要らないの？　なんで使ってないカードを忘れるのか。

おれは理解不能になった。しかし、おかげでまた九〇〇円手に入った。

お昼は、肴を99円ショップで購入し、モチヅキ邸で宴に加わる。

ゲンから、シケモクハイライトをまた貰った。

夕方、気持ちが良くなったので、銭湯に行こうと思い立つ。

ここは一丁、風格あるところにでも行きたいなと、江戸時代より続く由緒正しき『蛇骨湯《じゃこつゆ》』へ。なんにも持たずに、レンタルタオルと忘れ物の石鹸をちょいとお借りして、久々の湯船に浸かったのでございました。

絶頂。

裸になりゃ、誰もがタダの人間になれるんだな。あーこのまま一生、銭湯に住みたいくらいだよ。と名残惜しみながらも、いつもカラスの行水のおれは、そんなに長くは入浴し続けることは出来ず。でもまぁ、それなりに多幸感を味わい、銭湯の暖簾をくぐり、また路上に出て行こうとした。

すると、『蛇骨湯』の横に併設されているコインランドリーに入って行こうとする一人の婦人とすれ違った。

ん？　なんだか見たことのある顔だな。と不思議に思い、そのコインランドリーの中を覗き込むと。

あれっ？　ヨーコじゃないか⁉　なんでヨーコがここにいるんだよ‼

「ヨーコ？」

と声をかけてみた。

「あれえ、スーさんじゃないの」

ヨーコはたいして驚きもせず、おれにそう言った。

「あれえじゃないよ、なんでお前がここにいるんだよ⁉」

「スーさんこそなんでここにいるの？」

それもそうだ。

ヨーコはおれが福島で働いていた時のお客さん。西会津《にしあいづ》にある廃校を借りていて、そこを住めるように改築してくれって依頼をして来た。

おれ、そういう面白いオーダーが来ると張り切っちゃうのよね。だから、ヨーコのことは鮮明に覚えているわけ。たぶん、小説家を目指してたんじゃなかったっけな？　そこを書斎兼住居におれは必死で改築したよ。風呂なんて、会津の山ん中に行って、そこにある材木屋のオヤジから要らなくなった木材貰って来て、継ぎ当てだらけだったけど、総檜《ひのき》の風呂桶を作ってやった。

そんなこんなでヨーコとはその後も一緒に飲んだりしたことも何度かあった。

で、なんでヨーコがここにいるのよ？

「小説はなかなか上手くいかなくてね、あそこは手放して、実家の東京に帰って来たのよ」

「今、なにやってんの？」

「『やっこ』っていう老舗の鰻《うなぎ》屋で働いているよ。スーさんは？」

おれは全部正直に話した。

すると、ヨーコはちょっとニヤリとしながら、

「どこに寝て暮らしてるの？」

「言問橋だよ」

そう言い返すと、ヨーコは頷いて、

「じゃあ今度、鰻丼持って行くよ」

と言った。

ヨーコはおれが路上に住んでいることを、普通のことのように受け取った。

その夜、おれとクロが飲んでいると、本当にヨーコは鰻丼を白いパックに詰めて持って

来てくれた。クロが涎《よだれ》を垂らしていたら、明日からは二パック持って来るわよ、と言った。路上で、鰻丼を、しかも老舗の鰻丼を食べるとは思いもしなかった。クロは、スーさんと一緒にいて良かったと、本気で喜んでいた。

ヨーコは酒は一杯も飲まずに、鰻丼を渡すと自転車でさっさと、去って行った。老舗とコンビニ、なにが違うって米が違う。そしてまだ温かい。やっぱり路上で暮らしていると、なにが足りないって、この熱だ。温かいものが無い。胃の中に入れているものはすべて冷たいものばかりだった。クロはそのことをあんまり気にしていないようだった。

おれは路上の獲物を『金になるゴミ』から、『温めることの出来るゴミ』にシフトチェンジした。これはモチヅキさんをはじめ、誰もまだ実行したことがない世界だ。

半分以上、クロに鰻丼をあげて、そんなに酔っ払わずに寝た。こう、目標ってのが出来るのもまた楽しいもんである。

もうすでに路上に暮らしはじめてから何日目か分からないようになってきた。まだ四、五日ぐらいだと思うが、一ヶ月ぐらいは経っているような気がしていた。まるで終らない夢の中に入ってしまったようだ。楽しいのに、気が遠い。そんな感じだ。

ヨーコは次の日から、パッタリ来なくなった。店を辞めたのか、持って来るのが面倒になったからなのか理由は全く分からない。とにかくそれ以来ヨーコには会えなくなってしまったのである。

いつか来るかもしれないからと気にかけていたおれに、

「今まで親切だった人が急にいなくなるなんて、路上にいたらよくあることだよ」

いつものように作業中のクロは、ボソッと言った。

*

翌日の午前中はテレホンカード集めを行い、これまたそれなりの収益を上げ、昼間はいつものようにモチヅキ邸へ行った。

夜になると、今日はゴミの収集場の張り紙によると不燃ゴミの日らしいので、なんらかのホットなもんが見つかるかもしれんと、午後八時半頃家を出た。

夜のゴミ置き場はゆっくり出来る。誰も見ていないから、気兼ねなく獲物を探すことが出来る。

売れそうなものはたくさん見つかったが、それよりも今日はホット系のグッズを手に入れることだけを考えていた。そして、それは意外にも簡単に見つかった。

イワタニというメーカーのカセットコンロ。もちろん、ガス缶は入ってなかったが、これは使えそうだ。

ガス缶はコンビニで三缶二九八円で売っていたものを購入した。

とうとう手に入っちゃったよ。これで、温かい珈琲《コーヒー》が飲める。

カセットコンロにガス缶をぎゅっと押してセットして、試しにカチャカチャやってみた。すると、しっかり火が点いた。

もう午前一時を回っていた。朝起きたら、クロをビックリさせてやろう。

しかし、なんでコンロを使うことにみんなは気付かなかったのか。彼らはゴミを拾っても、それを売ることしか考えていない。その中で、使えるゴミはどんどん自分の生活の中に取り入れていけばいいだろうに。

飯だってそうだ。コンビニ飯だったら全部タダで手に入れることが出来る。それは素晴らしいことだが、おれはもっと旨いものを食べたい。自炊をすればそれが可能になる。だって、みんな知ってるだろう。自分が炊いたご飯と焼き鮭と味噌汁。これが一番旨いってことを。これ以上のものはない。

おれは昔、一度だけ仲良くなった建設会社の社長とフランス料理ってもんをナイフとフォークを使って食べたことがある。まずいと言えば嘘になるが、なんだか、いろいろ味付けしすぎて素材の良さが死んでるように感じた。

それに比べ、『米・鮭・味噌汁』黄金の三点セットは無敵だ。冷静に考えたらコレが一番美味でなおかつ健康にもいい。

おれは自分がこの路上での生活に、かなり適した人間であることを自覚していった。

隅田川文明でも一丁、興してみるか。

文明が開花する寸前の興奮。おれはコンロの火が、すごく原始的に見え、かつ荘厳な感じを受けた。火がまるで未知の生物に見えたよ。


次の朝、朝日を浴びに外へ出て来たクロは、コンロを発見するやいなや、おれの背中をドンと叩いて、鼻歌交じりで家の中へ戻って行った。そして、パックに入ったドリップ・オン方式の即席珈琲を二つ持って来た。

クロが持っていたやかんに公園から汲《く》んで来た水を入れて、コンロで沸かし、ドリップ・オン。ポタポタッとカップに落ちていく。

クロはまた家からヨーロッパ風の珈琲カップ&ソーサを二客持って来た。

どんどん、出て来るな、こいつの家からは。

クロは、いつか使える日を待ってましたと言わんばかりの顔をしてやがる。

二人でハイライトとドリップ珈琲。旨いよ。このコンビネーションは。

朝日がのぼり、ビルの陰から橋の下にもオレンジ色が飛び込んで来た。

「旨いね、スーさん！」

「やっぱり、温かいもの飲むと変わるだろ、感覚が」

「うん、なんか初めての感じだよ、これは」

「そう、温かいものを体に入れると、人に対しても優しくなれる。体にもいいしな」

それから、おれたち二人は、コンロを紙袋に入れて、モチヅキさんのところへ行った。

みんなは驚いた。すぐに、ワンカップ大関を熱燗にしようぜと、鍋に薄く水を入れ、ワンカップを並べた。

湯気が出た。みんな湯気に興奮していた。モチヅキさんも珍しく声を上げて喜んだ。

「スーさん、ありがとな」

モチヅキさんは頭を下げて言った。

みんな自分で作るっていう発想を持っていなかったようだ。

まぁコンビニ弁当が毎日信じられんぐらい余っているわけで、公園には水道の水が溢れているし、なにも調理したりする必要がない。火を使うといってもガス缶は必要だし、今までは誰も面倒臭がってやらなかったようだ。

でもやっぱり冷たいもんばっかり食べてちゃ体に悪い。

モチヅキさんに少しはお返しが出来た気がした。

周りを見わたすと、みんな興奮しているようで、旨い、旨い、と雄叫《おたけ》びを上げている。人間はこういうちょっとした面倒臭い作業が生活を彩るのだ。

さらに、それに感動した人間は、それぞれの家に帰って、自分の家にあったホット系の食い物、飲み物を残らず持って来た。コーンスープ、お汁粉、紅茶、玄米茶、レトルトカレーなんてのもあった。

火が入っただけで、ただのダンボールの家は一気に立体的なハイテク生活空間へと変貌していった。

その日は晩まで『火がもたらす新生活』をみんなで語り合った。

カセットコンロ時代の到来。文明革命が起きたのだ。

おれはうれしかった。こうやって文明は発達するもんなんだなと。しかし同時に、なぜここから超高層ビルを造るまで至ってしまうのか、その人間の底なしの欲望に恐怖も覚えた。

次の日。朝起きると、もうすでに何人かがおれのところへやって来ていた。それぞれの手には、レモネードやら、アッサムティーやら、生姜湯やら、ブルーマウンテンやら、なんやらかんやら。つまりはホット系をみんな手にしていたのである。

どこで噂を聞きつけたのか、見たこともない人間もいた。それは次第に膨らみ、おれの家の前には軽く行列が出来てしまっていた。

おれはみんなが集まって来るのが好きで好きでたまらないもんだから、もううれしくなっちゃってさ、お店の人みたいに、一人一人対応して、沸かしたお湯を配りまくった。初めてだよ、こんな光景。さらに、そんな噂を聞きつけたモチヅキさんも来てくれていた。もちろん、マグロの刺身と焼酎を持って。

クロもはじめはいつもの創作に集中していたのに、途中からガバっと家から出て来て、おれのその行列の交通整理にまわってくれた。

おれは完全に目覚めたね。

一週間前、おれはあの浅草寺の横にある弁天堂で財布を盗まれ、家財道具一式を盗まれたのだ。

弁天堂ですよ、弁天様ですよ。財と芸能の神様である弁財天ですよ。それにはなんらかの意味があったんだろう。現世の財を一切無にしてくれた代わりに、なにか別の財と芸能の力が降って湧いてきたんだろうと。

おれは今の自分を全肯定した。気持ちが良かった。人間が集まって来る、この瞬間はなにかあるよ。こんな、面白いこと止められるわけがないって思ったね。

次第に言問橋に寝るやつが増えてきた。まさに言問橋ヴィレッジ。そして、みんななにかを拾ってはおれのところに持って来る。未開人の頭である酋長《しゅうちょう》のようだった。テレビも電話もなんも無いのに、どうしてこうも伝達能力が発達してんのかね、川沿いは。

コンロの火は、みんなの希望になった。宴会の人数もあっという間に多くなった。こんなことが世紀末に起こっているなんて、普通に東京に生きている人間は誰も知らないだろう……。

*

隅田川の周辺は、まるで原始時代のようだった。技術もまだ生まれておらず、家も堀立小屋であった。そこではまるでもう一度歴史を繰り返すかのように、川沿いに人が集まり、文明が生まれ、そして火が発明され、経済が発生して行く。

硯木はこのような状況の中で、さらに自分の才能を発揮して行くようになる。

路上生活一週間で、人間に必要な道具である『火』を手に入れたおれは、そのまま入り込んで行った。いつか止めようなんて一切考えなかった。いつの間にかこの生活をずっと続けたいと思いはじめていた。

拾い物は増え続け、金銭を得るのは主に、テレホンカードを売った。

他には、本や電化製品を指定の店へ売り飛ばし、一週間で四千九六〇円稼いだ。稼ぎの方もまずまずであった。

毎週この金額を稼ぐことが出来れば、月に二万円ほどになる。おれは過去を思い出して不思議な気持ちになった。

昔は仕事して随分稼いではいたが、ほとんどすべてを酒と女に使い果たしていた。家賃が払えないってこともよくあった。それで毎月借金して、また次の月稼いで返すの繰り返し。

今は稼ぎは少ないが、路上だから家賃はタダ、食いもんもタダ、酒もタダだ。結局、稼いだ二万円はしっかり浮く。家の体裁、世間体を気にしなければ、こっちの方が生活が安定している。

変な社会だ。おれはなにも特別なことをしているわけではない。

ガス缶の差し入れも増え、毎日ホット類を誰かが持って来てくれるので、相変わらず温かい食事にはありつけた。

こういう一つの文明のおかげで集落というのは一気にまとまり、高度な集合体になるのかもしれない。

隅田川に暮らしているみんなが笑っていた。

米を炊くことも出来るようになった。炊きたての銀シャリ。そして、黄金の三点セットが実現する。こんな素晴らしいことはない。

昔から人間は鍋で米を炊いていた。鍋で炊いた方が断然旨い。なんせ直火だからね。

重要なことは半日きちんと水に浸からせて、寝かせておくということ。これをみんな面倒臭がるだろうけれど、このワンポイントが重要なのだ。

そうして、おれは蓋をしてカセットコンロで米を炊きはじめ、あるものを探しにクロの家の中へとズカズカ入って行った。

「なにか用かい、スーさん」

相変わらず作業中のクロ。

「おい、炊飯器持ってるか？　壊れててもいいから」

するとクロは、

「仕方が無いなあ」

と言って作業を止め、ふてくされた顔で奥にある、なんでも出てくる四次元ポケットみたいなガラクタの塊《かたまり》の中から、壊れてボロボロになった炊飯器を取り出した。

「はいよ」

「おっ、クロ。やるねえ」

おれは一般的には使い物にならない炊飯器を持って家に戻った。

さて、なにに使えると思う？

さっきも言ったように、おれは米は鍋で炊く。おれの家には電気も無いときた。で、おれは考えた。炊飯器の役目を。

ゴミと思われるものすべてには、実はこれまでの使われ方とは違う役目があるのである。段ボールが家の壁になるように、新聞紙が毛布になるように、ただのガラクタがクロの手によって作品になるように、別の役目も持っている可能性が十二分にある。それを見つけることが、この路上での生活の鉄則である。

で、どうする？

炊飯器ってのは、二つの機能を持っている。

一つは当然、米を炊くこと。でもこいつは鍋に負ける。で、もう一つボタンがあるが、そこには『保温』と書かれている。

つまり、この機械は炊飯器じゃなくて、『炊飯保温器』だってことだろ。

それで、おれは試しに炊き上がった米を釜の中に入れて実験をしてみた。これが効果テキメン。電源なんか入れなくても、この高性能の金属の釜は、おれの米を半日以上温かく保ってくれたよ。

この釜は、後の実験によって直火にも耐えることが分かった。だから、この釜に直接米入れて、水に浸け、そのまま直火にかけて、出来上がったら炊飯器の中に入れればいいということに気が付いた。

壊れた炊飯器は、保温機能付きの『飯盒《はんごう》』へと変化した。

発明はさらに次の発明を呼ぶ。おれにはすべてのゴミが『可能性』に見えた。

火は食事だけでなく、暖かい生活も保障してくれた。

そう、風呂に入れるようになったのだ。

拾ってきた、服を入れる大きなプラスティックの収納箱の中に、鍋で三杯分の温かいお湯を入れる。そして、その中に入る。まあつまりは、腰風呂ってとこだ。最近では姉ちゃんたちもよくやっているらしいね。

それにその残り湯はそのまま捨てずにミネラルウォーターが入っていたペットボトルに

入れる。それを今度はどう使うかっていうと、布団の中に入れる。湯たんぽとして再利用するわけ。これで、四、五時間保つ。これさえあれば、寒さも十分乗り切れる。

とにかく、おれは毎日毎日、発明を続け、その名を轟かせた。

そのおかげで、以来食いもんには一度も困ることはなかった。やっぱり独自のアイデアを持つ人間は食いっぱぐれしないということだ。

さらにある日、大量にモチヅキさんに貰ってきたコンビニ弁当を見て、おれははっと気付いた。

「おい、クロ。これを鍋にすると、どうなんのかな?」

クロが持っていたちょっと大きめの鍋に水を入れて、弁当を全部鍋の中に出してごった煮を作ってみたら、あまりにも美味。雑炊みたいな感じに仕上がった。

カセットコンロ文明発生後、言問橋に住みだした新入りのハシモトは、このコンビニ雑炊にすっかりハマり、翌日には鶏肉屋でバラ売りしていた生卵を雑炊用に買って来た。

全員の脳ミソが、温かい飯のために活性化され、思考が総動員されているようだった。

こうなると毎日が発見の連続になる。

「スーさん、卵入り、旨いっすね、ううっ」

ハシモトは興奮のあまり、鼻の中にご飯粒を混入させてしまったらしい。苦しんでいるのを、おれ、クロ、シケモクのゲン、モチヅキさんで笑っていると、遠くの方から、ジャリ道を車輪が走る音が聞こえてきた。

その音は、橋の下に入ると、いきなり大きくなり、さらに近づいて来た。

3

キキーという、あまり手入れされてないブレーキ音がなった。白い自転車だ。

「ごめんなさいね、食事中。警察ですけど」

「なんでしょう？」

とハシモトがすぐ対応した。

「あのね、ここで生活されちゃあ、困るんだよねぇ」

警官は苦笑いでそう言った。

「なんでだよ、おれらは家が無いんですよ」

「いや、そうは言っても、ここは公園の通路でもあるからさー、苦情が来る前に動いておいた方がいいと思うよ」

「そうやって、おれらを追い出す気ですか⁉」

ハシモトは一人で熱くなっている。殴りそうな勢いだ。

「いやいや、そういうわけじゃないのよ、ははは」

警官は笑って次のように言った。

「ここは、とにかく通路だから。通路ってのは他の人も使うんだから、迷惑に思う人がいたら追い出されるだろ。だからさ、人が使わないところへ行けばいいんだよ、ほら、この下の川沿いの遊歩道にある、植え込みの中とかさ」

要は、こういうことであった。

この言問橋の下は、隅田公園の一部だから、散歩する人などが嫌う可能性があるが、ここから階段で下ったところにある遊歩道に併設された植え込みの中だったら、誰の迷惑にもならない。だから住んでもいい、と。

なんで、そんなことを一人の警官が決められるのかよく分からんが、その警官はむしろヒントをくれたように聞こえた。

おれはハシモトを制止して、代わりにその警官と話した。

「分かりました。この下の植え込みに移ります。そこだったら、あなたはいいと考えているんですね」

「不思議なことにこの隅田川沿いの遊歩道と、その横の隅田公園。そんなに遠く離れてはいないのに、管轄が違うんです」

「どういうことですか？」

とおれは興味を持って聞いてみた。

「この、今あんたたちが家を作っているところは、隅田公園の一部なんだけれど、ここは台東区の管轄にあたるわけ。だから台東区の警察が処理しなくちゃいけないんだけど、川沿いの土地は国のもの。ということは警察はそこまでは見なくていい。業務外になる」

なるほど。しかし、こんな隣り合わせなのに、管轄もルールも違うんだから、日本の管理体制も変なものだな。

「的確な忠告、有力な情報、ありがとうございます」

警官に深々とお辞儀をした。

「いいや、いいんだよ。頑張ってよ」

と逆に励まされた。

「でも、気をつけなよ。住民から苦情が出たら、一巻の終わりだよ。警察もあんたらを追い出さなきゃいかん。だけど、なんか危害を受けたら警察に言ってくれよ。それはれっきとした犯罪だからね」

変な警察官もいるもんである。家を建ててもいい場所を教えてくれるんだから。

おれは言われた通り、川沿いの遊歩道の植え込みの中に移動することにした。ハシモトもそうした。クロの家は橋の下にあまりにも馴染んでしまっており、もう何年も住んでいるのにここを人の家だとは誰も気付かないのだからそのままでも大丈夫だろう。

まぁ、そんなわけで、おれは目の前の新天地へと大移動をすることにした。

今度は、ダンボールじゃなくて、今までの経験を生かした家を作ろうと決めた。

朝になって、同じく家が必要なハシモトと材料調達に出かけることにした。

「あの警官、意外といいやつでしたね」

「お前殴ろうとしたじゃねーか」

「おれはホームレスだから、捕まったりするんじゃないかと思ったんですよ。なのにスーさんったら、うまいですよ」

ハシモトはもうすっかり馴染んでいる。知らない間に言問橋にいたからね。

「ハシモト、お前、ここに来る前はなにやってたの？」

「あっ、おれですか。去年まで実は荒川《あらかわ》区の中学校の教師やってたんですよ。今年、三九歳になります」

「お前、学校の先生だったの⁉」

おれはビックリして聞いた。

「中学校なんて全然つまらないですよ。文部省の言われるままというか、先生も生徒もクラゲみたいな骨無しばっかりで。俺は明治の頃が大好きなんですよ。夏目《なつめ》漱石《そうせき》がいたあの時代が。森田草平《もりたそうへい》や、堀紫郎《ほりしろう》、荒畑寒村《あらはたかんそん》たちが、漱石の家に入り浸って、毎日熱く議論していた。そういう熱い輩《やから》を育てようと思って教えていたら、PTAのバカな親たちからは、いつも非難浴びてばっかりで。ホント、今の教育は駄目ですよ。こんなことじゃ、未来の漱石なんて絶対に生まれないですよ。南方熊楠《みなかたくまぐす》だって……」

おれはよく分からなかったが、こいつのやりたい感覚は感じ取れた。なかなか筋が通ってそうだな。

「で？」

「金八《きんぱち》先生みたいに荒川の土手を歩いていたら、河川敷に住んでいるオヤジさんに会いまして。そのオヤジさんがまたすごい人で。筍《たけのこ》を取って、近所のおばちゃんに売って暮らしてんですよ。で、あーおれもそんな暮らししてみたいな、と思ったんです。会って話を聞いた次の日には、学校に辞表出して、もう現世とおさらば。路上《こっち》に来たんです。そのオヤジさん、荒川に二〇年以上も暮らしてたんですよ」

とハシモトは興奮しながら言った。

お前、最高だよ。その思い切りの良さはいいね。どこに行っても、死なないよ。

「で、結構、そのオヤジさんにいろいろと教えてもらいながら、ゴミ拾ったりしてたんですけど、なんちゅうか、荒川区はちょっと冷たくて……。ゴミを拾ってると、警官に注意されるんですよ」

「ほう、区によってもいろいろ違うんだな」

「ホントに違うんです。そのオヤジさんはいいんですよ、ゴミを取って暮らしてない、山菜や筍だから。そして、近所の主婦層に厚い支持を受けている。おれみたいな新人は荒川区じゃ生きて行けないんです。それで、流れて、流れて。最近から台東区に住み出したんですよ。いいっすね、台東区。優しいです」

なるほど。面白いもんだ。区によっての、この対応の違い。

そういえば、モチヅキさんもなにか言ってたな。台東区と文京区《ぶんきょう》。この二つが路上生活者には優しいと。なぜだろう？　その理由も気になるな。

台東区じゃ、おれが拾っていても警官はなんも言わないもんな。むしろ、クロの人工盆栽を交番内に飾るぐらいだからね。台東区はおおらかだね。みんなが集まって来るのも分かるよ。

硯木たちの感想通り、実際に東京都の条例は区によって違う。それぞれの区には、ファミリーで生活している割合が高い、企業が多いなど特徴があり、それによって条例も微妙に変化してくる。

資源ゴミはリサイクルが可能で、区の財産と考えることも出来るため、ゴミ置き場から勝手に持ち去ることを禁止しているところもある。だが、台東区と文京区はそれを禁止しておらず、警察も一切注意をしない。しかし、隣の墨田《すみだ》区で拾うと警察官から注意されるという不思議な事態になっている。

東京という同じ空間であるにもかかわらず、こちらでは罰せられ、あちらでは許されるというケースがあるのだ。

台東区の中心は浅草である。昔ながらの人情がまだ残っているということなのだろうか。真意は分からないが、事実としてケチ臭いことは言わないという姿勢を取っている。

人間は住む場所によって変わってくる。それはおれも土方で全国くまなく回ってる頃から気になっていたことではあった。人間が問題なんじゃなくて、場所が人間を変えて行くのだ。

それにしても、荒川には二〇年以上も路上で暮らしている人間がいるのか。もう、そうなると、ホームレスじゃなくなるな。ホームだ。

出る杭も出すぎたら、誰も打つ人はいなくなる。杭じゃなくて、塔のようになればいい。なんでもやるなら徹底してやろう。ハシモトの話におれは刺激を受けた。

「でも、いいのかよ、お前。別に解雇されたわけじゃないんだろ？」

「自主的に路上に出て来ました。こっちの方が断然面白いんですよ、おれにとっては。スーさんもいるし、モチヅキさんもいるし、クロちゃんも」

よし、こいつにもいい家を作ってやろう。

材料はなかなか拾うのが難しそうだ。今はコンクリートの家ばかりだから、材木は使わない。

そこでふと閃《ひらめ》いたのが、工事現場だ。あそこだったら、内装に使った木材の切れ端がゴミとしてあるんじゃなかろうか。

ハシモトにもそのことを伝える。すると、あいつは走ってどっかに飛んで行きやがった。

仕方なく、一人で路地を歩きながら工事現場を探す。すると、小さい敷地に一戸建てを建設中の現場が見える。

懐かしの現場。とはいっても、まだ仕事から離れて一ヶ月程しか経っていないのにもかかわらず、随分遠くまで来てしまった感がある。

現場は慣れたもんだからゴミのある場所はすぐに見当がついた。

結構ありそうだな。あの布袋の中にも廃材が入っていそうだ。しかし、長いのはあんまり無いな。それでもいくつか狙いを定めた。

時刻は午前八時。そろそろ大工たちも仕事場に来る頃だろう。ゴミといっても敷地内にあるものを勝手に取ったら、自分の首を絞めることになる。ここは、しっかり出勤を待って、正直に話してみることにしよう。

沿石に座って待っていると、遠くの方に自転車を必死に漕いでいるオヤジを発見した。そのオヤジは後ろの荷台に大量の空き缶を載せたまま漕ぎ続けていた。

おれの前に止まると、そこのゴミ置き場からビニール袋をいくつか開けては、アルミ缶を取り出し、また袋の口を締めて、また次の袋を開けては取り、締めてを繰り返した。たくさんのアルミ缶を収集しては自分のベースキャンプである後ろの荷台の巨大ビニール袋に入れて、何食わぬ顔で自転車に乗り、また必死にどうにか漕ぎながら次のゴミ置き場へと向かって行った。

アルミ缶は現在キロ五〇円。三五〇ミリリットルの缶が一缶一五グラムだから一キロ分は六六個。それがたったの五〇円なのだ。

オヤジの後ろには大量の空き缶、それでも見たところ二〇キロぐらいじゃないか。千缶集めても、千円程度にしかならない。これじゃ、駄目だ。

しかし最近、携帯電話が普及してきており、テレホンカードが要らなくなるという事態も考えられると、モチヅキさんが言っていたのを思い出した。

そうしていると、大工衆が現場に集まって来た。

おれは親方らしい人が一瞬で分かるので、すぐその人のところへ向った。きちんと話せば、すぐに分かってくれるはずだ。

おれは、路上に住んでいる者ですが、小屋を作りたいので要らない木片があれば頂いてもいいですか？　と直球で尋ねてみた。

「おー、ここにあるもんだったら、なんでも持って行ってくれ。逆に助かるよ」

と親方は狙っていたコーナーを指差して言った。

「あんた、そんなに木材欲しいんだったら、うちのもう一つの西浅草の現場には竹がいっぱいあるよ」

と教えてくれた。

ぜひお願いします、と言って住所を教えてもらった。

親方は若い衆のために買って来ていた缶コーヒーをおれにもくれた。またいつでも来いよ、と言ってくれた。

親方と別れ、気持ち良く道を歩いていると、がっくりしたハシモトがこちらへ向って来る。

「スーさん、駄目でした。いいものが見つかったんで、まだ朝早いから見つかんないかなと思って、工事現場に忍び込んだら、早めに出勤していた大工に見つかって、追っ払われましたよ。おっかねえ」

「お前、バカか。そんなことやったら、お前はいいけど、その次からは、他のやつらも警戒されるだろう。そんなことせずに、ちゃんと話したら、ほら、こんなに貰えるわけよ」

そう言って戦利品を見せた。ハシモトはビックリしている。

「へえー、ちゃんと交渉したんですか。やはり、スーさんは人がやらんようなことをしますね」

「そうだよ、ちゃんと話す。そして、後始末を完璧に。これだけで、次も貰えるようになる。しかも、大物の情報まで親方はくれたから。おい、ハシモト、練習になるから、この西浅草のマンション建設現場へ行って、足場に使っていた竹があるらしいから貰って来い。それを家の構造体にするから」

「はい。竹ですね」

竹だ、竹。ゆらゆら揺れて、流れに逆らわず、しかし風に吹かれても決して折れることがない。そう、おれは竹のように生きよう。

「路上で生きて行くためには、盗んではいけない。それでは捕まってしまう危険性もあるし、そんな行き当たりばったりな生き方では生活が安定しない」

「でも、じゃあどうするんですか？」

「重要なのは、獲物を見つけたら、その持ち主に正直にすべてを話して、それを了解してもらってから『契約』を結ぶということ。彼らにとってはそれはゴミなんだから、それを欲しいと話して嫌がる人なんかほとんどいないから。万が一、それを嫌がるような人間は、今後もお前の力になることはないから、簡単に引き下がれ、諦めろ。必要なのは、自分の考えていることを分かってくれる人と長期的に付き合うことだ。だから、すべてをさらけ出せ。そうすると、理解してくれるから。それが出来れば、その人が生きている限り、つまりゴミを出し続ける限り、永遠に生きて行けることを意味する」

「なんだか、おれが昔読んでたビジネス書なんかより数倍も言葉が重いですよ」

「本にそんなこと書いてあるわけないだろ。すべては体験がモノを言うんだよ」

「おれが女だったら、スーさんは今確実に抱かれたい路上の男ナンバーワンです」

「うるさい。分かったら、すぐ貰って来い」

「はいっ」

材料はハシモトに取りに行かせ、おれは言問橋へと戻ることにした。

とうとう、おれも定住するか。ダンボールハウスじゃ、やっぱり仮住まいなわけで、どうも落ち着かない。なんてったって、警官直々に新居の場所を指定されてるからね、こんなに楽なことも無い。

おれはそれまで少しも意識してなかった、川沿いすれすれの遊歩道へと下りて行った。クロも一応誘ってみたが、あっさり断りやがった。まあいい、どうせ目の前だ。

いざ下りてみると、その遊歩道には家がほとんどなかった。未開の地だったのだ。だから、どこでも選び放題。

おれはとにかく、現場の調査をひたすら行った。どんな家でもそうだ。まずは敷地選び。これが一番重要なのよ。

家を建てることが出来る場所は遊歩道ではなく、遊歩道に隣接している植え込みの方だ。植え込みだから、つまりはそこにはたくさん植物が生えている。しかし人間が自分の都合で唐突に植え込みを作っているもんだから、コンクリートの上じゃ植物も悲鳴上げたんだろう、どこそこ枯れちゃっている。おれはその枯れている場所を選んだ。

さらにあるものを見つけた。それは、水道管だ。

この遊歩道は埋め立て地である。そんなところに植物があるもんだから、上の公園の水場からでは届かないので、植え込みの奥には水道管が忍び込ませてある。自動的にスプリンクラーのように水をまく仕組みになっている。

ある場所にはヒネリが付いていて、これを回せば水が出てきた。警官に水場付きの物件を紹介してもらったようなもんだ。

新居の場所は確定し、その地面を足で固めた。植物は抜かないように気をつけた。

そうこうしていると、ゆらゆらしながら、長い竹を何本か背負ったハシモトが戻って来た。手には鋸《のこぎり》まで持っていた。

「スーさん、あの人たち、最高ですよ。鋸までくれたっす。あの親方かっこえー」

「本当に分かっている人間ってのは、ちゃんと話せば伝わるわけよ」

「勉強になりました」

おれは先日拾ってきた道具箱一式を持って来た。

「スーさん、なんですか、これ、フルセット揃ってるじゃないですか」

「おー、これも拾ったんだよ」

「玄翁《げんのう》に、ペンチ、メジャーも、おっ、釘もある。でもこれ、錆びてるし、グニャグニャに曲がっていて使い物にならないですよ」

釘は新しい釘より、むしろ古い方が使いやすいんだよ。錆びると強くなる。

おれはハシモトに曲がりに曲がった釘を一本、沿石の上に置き、玄翁を使ってまっすぐにしてみせた。

「すげー」

と言いながら、ハシモトは自分もやってみたいと言い出した。

「お前、子どもみたいだな」

「そうなんですよ。子どもに教えながら、おれはいつも、自分の方が無知だ、教えている場合じゃないよ、もっと勉強したいと思ってたんですよ。だから、今、最高です」

まるで夏休み中の小学生。だから、おれも臨時の先生のようになってきた。

そして、クロのところへブルーシートを貰いに行った。クロはたくさんのブルーシートを持っている。とうとうおれもブルーシートハウスにチェンジする。

「クロ、いくつぐらいあるの？」

「何個でもあるよ。しかも、ブルーシートってのは寸法がいろいろとあるのよ、何メートル×何メートルが欲しいの？」

とクロは饒舌《じょうぜつ》になってきた。

おれは、二人分なので五メートル×五メートルを二枚貰った。

「クロ、よく、こんなにいろんな種類のブルーシート持ってるねえ。どこで拾って来るんだ？」

「隅田川って言ったら、なんでしょう」

と聞いてくる。

「隅田川……、花火大会か？」

「そうだよ。それ、それ、そん時にみんな花火大会をゆっくり観たいもんだからさ、とにかくデッカいブルーシートを買って来て、場所取りをするじゃんか。で、あれはさ、毎年観終わったら、みんなそこにそのまま置いて帰るんだよ。ひどいよね。ひどいけど僕らにとっては、最高なの。おかげでブルーシートには困ったことがないもん」

おれらにとってブルーシートは、アフリカの人たちの木や草とかと変わらないわけだ。東京にある自然素材。

そう考えると、路上で材料を拾って家を造っているおれらは、自然な営みなのかもしれない。東京で原始人のように、自分の好きな空間を、東京という自然が作り出した材料で造る。

おれとハシモトは家造りのために、また川沿いに下りて行った。

長い木材はなかなか見つからない。しかも、そんな状況下で、しっかりした構造の家を造るとなると、これまた難しい。

だけど、竹はこの点素晴らしかった。曲げることが容易なわけだから、竹の両端を土の中に埋めて何本か並べることでドーム状の構造が出来る。それにブルーシートを被せたら、出来上がり。

さっき工事現場から貰って来た木片で床と玄関を作った。

これだと、ブルーシートで包んであるだけだから、壊すことも簡単に出来る。ハシモトの家も同じ工法で造ってあげた。

ハシモトは興奮して、修学旅行中のハイテンションな学生のように、家の中で寝転がったりして、家、家、家、と叫んでいた。

モチヅキさんとゲンも完成を楽しみにしていたらしく、モチヅキさんのパトロンの魚河岸のカドマッチャンと三人でカンパチの刺身と、カドマッチャンが鹿児島出身であるらしく伊佐美《いさみ》という芋焼酎の一升瓶《いっしょうびん》を持って来てくれた。

おれの家の中でクロも参加して、総勢六人での宴会がはじまった。

カドマッチャンは引っ越し祝いで二千円をくれた。彼とは初対面だった。

「モチヅキさんがさー、期待の新人が現れたってんで、来てみたのよ。いいねえ、この家も。考えられてるね。あと、これ、築地の青果市場の友人が季節外れだけど旨いよってスイカ持って来てくれたからさ」

と言ってカドマッチャンはバカでかいスイカを包丁で切り出した。ハウス栽培のスイカらしい。上品な味だ。種はぷぷぷと外の植え込みのところへみんなで吹き飛ばした。

スイカを食べていたら昔を思い出した。まだ二〇歳の頃だったから、今から三〇年ぐらい前のことだ。

東京の荻窪《おぎくぼ》に住んでいる従兄弟の家に一ヶ月滞在したことがあった。なにしていたかと言うと、栃木でフラフラしていたから東京観光ついでに出稼ぎに来たのだ。

荻窪駅前の果物屋。そこで、スイカを売っていた。

ああ、懐かしいね。おれは売り上げを伸ばしたのよ。スイカ一玉なんて、なかなか人は買わないわけ。だけど、その店は一玉でしか売っていない。

おれは店長に言って、四分の一にして売りましょうと提案したのよ。すると、店長、お前が目の前で切って売るんだったらいいよって。そしたら、これが独り者に売れに売れ出した。みんな、買いたかったんだね。でも、大きすぎたんだ。

最後はもっと小さく切って、百円で売り出したよ。瞬く間にスイカは売り切れ。店長には給料を一・五倍にしてもらったよ。

あの時は大分稼いだな。切り売りのパイオニアだったわけ。ああ、懐かしいね。

おれはとにかく工夫が好きなのよ。工夫するだけで、つまらん仕事がバラ色になるからね。ついでにお金も稼げるわけだから。

そして、おれは交渉が大好きだからさ、すぐ給料上げてよ、もっと働くからと嘆願する。すると、もっと働こうとするやつを社会は意外と放っとかないもんで、さらっと給料上がったりしたもんだったよ。

ブルーシートハウスの自邸が完成し、おれの第二の路上生活は、またもや豪勢な食事と共にはじまったのだ。

4

　朝は毎日六時に起きて、米を炊き、味噌汁を作って海苔と一緒に食べる。七時にはゴミ拾いとテレカ拾いをはじめる。

　きちんと毎日堤防の上でストレッチをして歩き出した。稼ぎは次第に安定してきた。一ヶ月経った頃には月に三万円を超えていた。十分食っていける数字だった。

　ハシモトは勘が悪かったから、稼ぎもそんなに伸びなかったが、おれはテレカ以外の拾ってきた電化製品等は、半分ハシモトにあげることにした。そのうちハシモトも電化製品に活路を見出し、自分の得意分野を感じ取ったようだ。

　毎日朝から、動くのは気持ちいいもんだ。

　朝、体操をしていると、普通のサラリーマンが出勤前にジョギングしていたり、老年夫婦が散歩していたりしており、その人たちとも次第に挨拶を交わすようになっていった。

　おれはもっと広い範囲へと収集場所を拡大したいと構想を練るようになってきた。しかし、足だけではなかなか難しい。

そんな時、いつも挨拶を交わす、見たところ四〇歳代前半のサラリーマンに声をかけられた。会話をするのは初めてのことだ。

「おはようございます。いつも朝から、お仕事ですか？」

と彼は聞いてきた。

「いやいや、仕事っていうほどのものじゃないですけど。おれは見ての通り、下の遊歩道沿いに住んでいて、毎日朝から粗大ゴミやら、テレホンカードやらを拾って、売って暮らしてんですよ」

「はい、いつも見てました。なんかすごく頑張ってらっしゃるなと、勝手ながら思っていました」

「そんな。ありがたいね。そうやって変な目で見ないでいてくれるなんて」

おれは本気でうれしかった。

「変な目でなんて見ないですよ。それもれっきとした仕事だと思います。私なんて、毎日毎日、超高層ビルの一室でコンピューターに向う毎日です。なんて、つまらないんだろうと思いますよ。それも、もう終わりですけど」

「どういうことです？　お仕事辞めるんですか？」

「いや、実はサウジアラビアの支店へ転勤になったんです。うれしいんですけど、隅田川と別れるのは寂しくなるなと思いまして、ここは思い切って話しかけてみようと」

「それで、おれに？」

「そうです」

そんな人もいてくれよ、と思っていたが、本当にいるとは。

おれは男性に向って敬礼した。

「ありがとうございます。これからも頑張らせて頂きます」

と言った。

「いやいや、やめて下さいよ。私の方が元気づけられたんですから。それで、転勤にあたって、家のものをほとんど処分しようと思っているんですが、なにか欲しいものはありませんか？　捨てちゃうぐらいだったら、ぜひ貰って欲しいと思いまして」

なんという人だ。こういう開いている人もいるんだね。

おれは感謝の意を表し、頭の中で、硯木正一の今、欲しいものベストファイブを高速フル回転ではじき出した。輝く第一位は、チャリンコだった。

すぐさま、おれは、

「自転車がありましたら、ぜひ譲って下さい」

と叫んだ。男性はにこりと微笑み、

「分かりました。来週、出発前に持って来ます。私の名前はムカイです」

おれも、硯木正一のスーです、と自己紹介した。

すると、ムカイさんは、

「あの……、家を見せてもらうことはできますか？」

と聞いてきた。

おれはもちろんいいよ、と言って川沿いに下りて家まで案内し、家の造り方、材料の転用の仕方、道具の使い方なんかを詳しく説明した。

ムカイさんは意外にも真剣にその説明を聞いていた。メモもしていた。そうして、握手をして別れた。

こんなことがあると、人間っていうのは楽しくなるもんで、その日の仕事は当然いい調子だった。

おれはさらに自信がついた。おれは、この仕事に誇りを持ってやっているんだと、ムカイさんに気付かされた。

ムカイさん熱かったなあ。ああいう人間がいるってことは日本も安心だな、とおれまで大きくなっていた。

今日拾ったテレカの芸能人は、どうやら今は清純派女優なんだが、五年前まではグラビアアイドルみたいなことをやっていたらしく、その時のテレカだったらしい。なんと四千円で売れた。

『ゴールドカード』のオヤジは、今度は『モーニング娘。』というグループがデビューしたらしいんだが、それを見つけてくれよ、とおれになにやらそのグループの写真を見せてきた。

こりゃアイドルというか、子どもじゃないか⁉　おれにはなんのことやら分からん。面白いところだよ、東京って街は。

宝焼酎の二・七リットル入りのやつを千八〇〇円で買って来た。高いが、これで結構持つ。クロとハシモトに分けてあげよう。二人を呼んで、おれの家で飲むことにした。

「いやあ、世の中にはそんな人もいるんですね」

ハシモトは自分のことのように喜んでいる。クロは、そんないい人いるわけないよ、と否定的な意見。クロ、お前はなにをされてきたのよ。逆に心配になった。

「鳩なんて、一ヶ月で一〇キロもパンの耳食べるんだよ。なんにもお返ししてくれないのに。ただ食べるだけだよ」

クロ、お前は一体、鳩になにを求める？　煙草も食事もなんでもかんでも、人にあげちまう。鳩にもあげちまう。たぶん、誰も求めていないのに、あげる。変なクロである。それで、自分は食べないくせに痩せない。ある意味、神様だな、こりゃ。

宴会の肴も、コンビニ弁当から自炊へとだんだんシフトチェンジしてきた。そっちの方がやっぱり旨い。

調理器具は路上に余るほど落ちている。中華鍋まであるよ。やっぱりチャーハンはこれで作るのがいい。

夜になっても宴は終わらず、ハシモトが蠟燭を買って来た。蠟燭で酒を飲むのはいい。


ムカイさんが朝のジョギングに来なくなってしまった。やはりクロの言う通りなのかい？　とも思ったが、まあなにも考えずに、いつものようにゴミ拾い、テレカ拾い。するとガス缶を入れて使う小型ガスストーブを拾った。これはかなり使える。ガスだからね、威力が違う。

ハシモトは、せっかく家を造ってあげたのに暖かいおれの家に入り浸って、自分の家に帰らなくなった。

自炊に暖房器具。大分マシになってきた。おれが毎食、クロとハシモトに作ってあげていた。

　そうして、一週間ほど経ったある日、おれがいつものように堤防に上がってストレッチをしていると、後ろから、

「硯木さん」

　との声。振り返るとムカイさんが立っていた。いや、ムカイさんだけじゃない、ムカイ一家がそこには集まっていた。奥さんと娘さんも。ムカイさんと娘さんがそれぞれ自転車を押しながら。

　なんか、こう、ぐっとくるもんがあったね。一応普通に挨拶したよ。

「最近、来なかったですね」

「あっ、そうなんです、そのサウジアラビアへ行く準備を。ほとんど処分しなくちゃいけなかったもので、でもすべて終わりました。明日、出発します」

　ムカイさんはすっきりした表情を浮かべ、家族を紹介した。

「こちらは妻です。そして小学三年生の娘もぜひ一緒に行きたいと言うので、連れて来ました」

　奥さん、娘さんは恥ずかしそうにしながらも、顔は笑っていた。

「硯木さん、はじめまして。私は、キャンプが好きで、よくお父さんとお母さんと行くんです。でも、お父さんはそんなに上手くないんです。そしたら、お父さんが硯木さんのこ

とを教えてくれたんです。お母さんは、えーっ、隅田川に住んでるってホームレスでしょ？　って言ってたんですけど、私にはそんなの関係ないもん。キャンプの達人にいつか会いたいと思ってたんです」

娘は徐々に声が大きくなっていった。母は照れ笑いをしている。

「へえー、素晴らしい娘さんをお持ちで……」

「秘密基地の建て方を教えて欲しかったのに。本当に残念です」

「大丈夫だよ。先週、お父さんにしっかり教えておいたから」

とおれは言った。娘はびっくりした顔でムカイさんを見た。

「で、これがお約束していた自転車です。どうぞ、二台ありますから。どちらも貰って下さい。先週あの後、自転車屋さんに持って行って点検してもらったので、空気もパンパンだし、バッチリですよ」

「これ、新品同然じゃないですか」

「半年は経ってますけどね。転勤の予定が全く無かったので購入したのに、急遽《きゅうきょ》、転勤することになっちゃったんです。まぁ結果オーライです。それとこれどうぞ」

すると、ムカイさんは二枚の紙切れを手渡した。開いて見るとそれは証明書のようだった。

「これ、なんですか？」

「譲渡証明書です」

おれはなんのことか分からない。すると、ムカイさんが説明をしてくれた。

「自転車屋のおじさんに、今回のことを伝えたんですよ。こうやって路上で頑張っている人がいて、その人に自転車を譲りたいんだと。そしたら、そのおじさんが譲ったという証明書が無いと、人の自転車に乗っていたら捕まっちゃうよと言うので、パソコンで作りました。これさえあれば、警察官に職務質問されても全然問題ないらしいです」

ありがたいよ。ありがたすぎる。なんで、こんな人がいるんだよ……。

「硯木さん、サウジアラビアの任期を終えたら、また東京に帰って来ます。そしたら、すぐにここに来ますから、それまで絶対頑張って下さい」

ムカイさんはそう言うと、奥さんと娘さんと一緒に敬礼をした。

おれもすぐに礼を言い、とにかく頭を下げて、

「それまで、へばらないように頑張ります」

と言って自転車を頂戴した。

おれはどんなことがあっても、この場所を離れないと誓った。

おれは、ムカイさんが乗っていたであろうテカテカと光ったブルーの自転車を自分用に

して、もう一つのピンクのプリティなやつをハシモトにあげた。

ハシモトはその事実におれより感動してしまったらしく、夜中酒を飲みながら、泣いていた。クロもその話を聞いて、少しボソボソッと言葉を発していた。

*

おれは次の日から自転車に乗りまくり、浅草の街を駆け抜けた。

街の動きがもっと深く感じられるようになっていった。

おれは馬に跨《また》がり、獲物を見つけんとする、狩猟民族のような気分になっていた。

そこら辺の、まっすぐ会社へ電車通勤しているサラリーマンよ、もっと、脳を使え、もっと動きながら、生きたらどうよ。動く獲物、まだ見ぬ獲物を捕りたいとは思わんか？

そんなことを頭の中で吠えながら。

猟師の目で街を見るようになったら、いろんなものが確率変動した。

おれには、東京が、原始時代の草原のように見えてきた。そして、一丁目のセブン-イレブン裏の駐車場に生えている木の中の一本が、タラノキであることを突き止めたのだ。

東京でもタラの芽って採れるんだよ。

さっそく、小麦粉を買って来て、油を薄く敷いて、タラの芽の天麩羅《てんぷら》を作った。これにはモチヅキさんも大喜び、ゲンなんかハイライト三箱もくれた。それと、柿の葉もいいものは天麩羅にすると本当に旨い。おれはどれが旨いかを毎日研究したんだ。最終的には千束公園《せんぞくこうえん》に生えている柿の木の葉っぱが一番だった。

お金を払って飯を食べて、定まった家に住んでいる人には気が付かないたくさんのスポットが見つかった。これは面白いと思った。

知らない人は一生知らないで過ごすだろう、なんのガイドブックにも載っていない、自分の感覚だけの地図が出来てきたのだ。

ところがある日、おれがいつも楽しみにしていた秘密のタラの芽を根こそぎ採られてしまった。

これには落ち込んだね。でも、同時にタラの芽のことを他の誰かが知ってたってことに興味を持った。おれのように東京という街を、違う視点で見ている人間が他にもいるってことだからね。悔しかったけれど、そいつに会って話してみたいなとも思ったよ。

収集したテレホンカードをいつものように国際通りの『ゴールドカード』で売り、稼いだ小銭でもって、ちょっと酒でも飲もうかなと、国際通りから隅田川へと続いている雷門《かみなりもん》通りを自転車で走っていると、路地を入ったところに昔ながらの酒屋さんがあった。

その日は閉店だったけれど、店の前に六台ぐらい酒の自動販売機が並んでいるもんだから、そこでワンカップ大関を買うことにした。

ワンカップは一瓶二二〇円。まずは、一〇〇円入れて、どれどれ、あと一〇〇円はどこだ？　と財布を見ていたら、不思議なことに自動販売機のワンカップのボタンが赤く光っている。

これは買えるということなんじゃないか？　しかし入れたのは一〇〇円だけ。電光掲示板には正しく一〇〇円の表示。

硬貨返却のレバーを引いて、もう一回、はじめからやり直すことにした。

また一〇〇円を入れてみる。すると、またワンカップのボタンが光り出した。ワンカップ大関は一ヶ所だけじゃなくて三ヶ所並んであるのだが、一番左の一つだけしか光らない。

その一〇〇円で光るボタンを押してみた。すると、ゴロゴロゴロッとけたたましい音を立てて、ワンカップ大関が落ちてきた。しかもしばらくすると、チャリン、チャリン、と小銭の音。なんと、お釣りまで落ちてきた。四〇円。

ということは、このワンカップ大関は六〇円ということなのか？　ボタンの上の値段を見ると、確かに二二〇円と書いてある。

また小銭を入れてみた。今度はきっちり六〇円を。すると、やはり一番左のボタンだけが光り、押すと当然のように、音を立ててワンカップ大関が落ちてきた。

なんとなくたくさん買うには引け目を感じ、というより酒屋が気付きそうな気がして、五本だけにしておいた。

その夜、ハシモトとクロにも分けてあげた。しかし、その秘密の自動販売機の話はしなかった。二人はただただ喜んでいたから、それでいいのだ。

その後もずっと、そこではワンカップ大関を六〇円で買うことが出来たのであった。

硯木にとって、ブルーシートハウスだけが自分の家ではないのである。

街に生えているタラの芽や柿の葉っぱを庭に生えているかのごとく採取し、トイレは公衆便所。キッチンと化した公園の水を飲み、沸かしては風呂の水として利用し、六〇円のワンカップ大関はまるで自宅に設置したバーカウンターのようだ。

そう、硯木は東京という都市をまるごと一つ屋根の下と捉《とら》えているのである。

彼にとって、自分のブルーシートハウスはただの寝室にすぎないのである。

そうやって暮らすことで、彼は一切の狭苦しさを感じることなく、広大なリビングルームと化した東京を自由に自転車を使って走り回っている。

5

酒は毎日飲んでいる。しかも、昼間っから。

仕事を辞めた途端、路上に放たれた瞬間から、酒が途絶えたことがない。もう飲みたくないっていう日があるぐらいだ。

やっぱり、人間は無理に稼ぎすぎた。そんなに働かなくていいと思うね。それより、自分の頭で考えて、誰にも使われず、誰もが社長になって、仕事をするべきだ。モチヅキさんじゃないけどさ、とにかく街を歩いてみればいいんだよ。

そんなある日、ちょっとした事件が起こった。

酔っ払って蠟燭の火を点けたまま寝ていたハシモトの家が火事になったのだ。ハシモトは爆睡しており、一歩遅かったら死んでいた。

おれがパチパチという音に気が付き、外に出たらハシモトのブルーシートが燃えていた。慌てて中に入ると、ハシモトは幸せそうに寝ている。おれは、もうそのままにしておこうかと本気で考えたが、やがて煙でやつは咳き込みはじめたから、おれも我に返って助け出した。

家は半分が燃えてしまった。まぁ大した問題ではなかったが、ハシモトはガタガタ震えていた。

蠟燭は危ない。でもどうすりゃいい？

……電気……か？

火は開化させたが、電気まではなかなか手が届かない。それでもやろうと思うのが、人間の本能。

不思議だったね。もう一度、人類の歴史をやり直すかのように、おれらは草原に小屋を建て、火を覚え、そして今、電気系統へと飛躍しようとしていた。

ハシモトはその後、おれの家で居候しはじめた。

おれは昼間、宴会には参加せずに、ゴミ置き場を回り、西浅草にある生涯学習センターの中にある図書館で本を読むことにした。ここの図書館はおれの書庫みたいなもんだ。素晴らしいことに、難しい本ばかりじゃなくて、簡単な子どもも読める本もある。それが図書館のいいところ。『電気のふしぎ』とか『電気図解』など、まずは小学校ぐらいの知識からはじめた。

次第に回路の仕組みや、電圧などを読み込んだが、あんまり分からなかった。結局は、現場で体験せんと駄目だということで、とにかく拾いはじめた。

ゴミ置き場には原付バイクが大量に捨てられていた。おれはバイクから、バッテリーとライトを切り取って持ち帰った。この二つは本当にたくさん落ちていたので、何種類も揃えることが出来た。

そうしておれは実験をはじめた。

まず分かったことは、家庭用の電源は一〇〇ボルト。で、バッテリーは一二ボルトということ。電圧が違うと使える電化製品も変わってくる。しかし、普段使っているラジカセやテレビなんかはアダプターが付いている。あれは変圧器なわけで、本当だったら大抵の電化製品が一二ボルトで使えるわけだ。

と、そこまではよく分かった。ということは、家庭用電源は異常に過剰なのである。

- 電化製品はほとんど一二ボルトの電源があれば利用出来る。
- 家庭にある一〇〇ボルトの電源は、それをわざわざアダプターを使って変圧している。
- 車やバイクの電源はすべて一二ボルトである。
- 車かバイク用であれば、そのライトも使える。

つまり、この今持っているバイク用の一二ボルトのバッテリーで十分電化製品は使えるらしい。

でも、なんなのこのバッテリーってのは、どうやって繋ぐんだ？　コンセントなんか無いわけよ。二つ金属棒が出ていて、そこに＋と－って記号が印されている。どうやってやるのかは全く分からんが、でもとにかくたくさんあったので、いろいろと試すことにした。

まずは、原付バイクの照明ライトから出ている二本の電線をバッテリーに繋いでみた。するといきなり、火花。おい、これ、感電するんじゃないの？

次は逆の順序でまた配線してみた。すると、しっかりライトが点灯したのよ、本当に。これは驚いた。再び、文明開化。

ハシモトとクロと三人で宝物を見るように、その点灯し光り輝いている原付バイクのライトを眺めていた。

来たよ、とうとう電気が。と喜んでいると、電気はフッと消えてしまった。バッテリーの中に蓄電されている電気が少なかったようだ。

「バッテリーとライトが直接繋がってるから、すぐ電気が無くなるんじゃないの？」

「そうだよ。なんかスイッチみたいなのがあれば、いいけどな」

「あれなんか、どうですか？」

　ハシモトが言い出した。

「最近、炬燵《こたつ》をよく見るんですよ。ホットカーペット人口が伸びてるからか、よく分からないんですけど、とにかく炬燵が捨てられていて。炬燵のコードって、入・切のスイッチ付いてませんでしたっけ？」

「付いてたな、そういえば！」

「あれを、なんかスーさんのテクニックで接続したら、好きな時に電気が点く素晴らしい時代が到来するような気がするんですけど」

「たぶん点くよ、ハシモト。おい、今すぐ、ゴミ置き場へ行こう」

　三人で興奮しながら、夜のゴミ捨て場へ。

　三ヶ所目ぐらいであっけなく炬燵発見。コードを切り取って、スイッチを確保。

　早速ニッパーで電線を切って、ライトとバッテリーの間に接続してみた。

　カチッ。

「おっ！　点いたり、消えたりしたじゃないですか！」

「こりゃいいな！　もう火事になることはないな！」

　すると、クロがボソッと言い出した。

「電気が点くっていうことは、なんでも使えるってことでしょ？」

「たぶんそういうことですよ、クロちゃん」

「僕の倉庫には、いっぱい電化製品が眠ってるよ。ソニーのステレオやら、ラジオやら、たぶんテレビもあると思うよ」

クロは相変わらずの衝撃発言をした。

クロの予想通り、すべての電化製品が一二ボルトで動くことが判明し、このバッテリーに繋げば、全部使える。

クロの倉庫に保存してあった電化製品を片っ端から試してみたが、いきなり一台目から火花を飛び散らせてしまい、やり直しても点かなくなった、完全にショートしたらしい。

何台も壊して、ようやくそれらの扱い方に慣れてきた。

＋から接続して－から抜くという法則を導き出し、満を持してアイワのカーテレビを接続してみた。

ぼわんと鈍い音が鳴ると同時にブラウン管が光り、ニュースを読むアナウンサーの姿が亡霊のように浮かび上がって来た。

「スーさん、とうとう、点いちゃいましたね！」

ハシモトはもうビビっている。

「やったな！」

とおれが喜んでいると、

「それ、僕のだからね」

珍しくクロが自分のものだと主張。よっぽどこれはうれしかったのだろう。

以上を踏まえて、おれは拾ってきたバッテリー、ライト、スイッチ、電化製品を三人で分配し、すべての家をハイテク化したのであった。

電気を今まで、なにも不思議がらずに使ってきた自分を恥じたね。すごいよ。本当に。電気一つとっても、人間が発明したことは素晴らしい。

でも、みんなそれをもう忘れちゃってるんじゃないか？　ただ、いつでもコンセントに突っ込めば電気が点くと思ってる。

おれにはそんな適当なものには見えないよ。電気がバッテリーの中で蠢《うごめ》いているのが感じられるわけよ。まるで生命体みたいに見える。そんな電気ちゃんを粗末に出来るわけないよ。おれは骨の髄までバッテリーに棲息している電気を使い果たすよ。

＊

一九九九年一月。路上生活から三ヶ月が経過していた。

戦後まもなくのように、おれら三人の家には、テレビの時間になるとたくさんの人間が集まった。

暖冬の世紀末に東京の路上では、時間を決め、テレビをつけて、みんなが集まって観ていた。

笑われるかもしれないが、それはとても素晴らしかったよ。幸せな瞬間だった。

しかし、バッテリーに限りがあったために、一日二時間までと決めていた。もうちょっと電源が欲しいところだ。人間の欲望は果てがないものである。

バッテリーが捨ててあるのを見つけても、持って帰って使ってみると、全然電源が残っていなかった、なんていうこともたまにある。そこでおれは『バッテリー残り電気量検査器』を発明した。

この原理は簡単、一本の電線があればいいのである。

一方を+、反対側を−に順にくっ付ける。バッテリー内の電気が+から出て、また−から戻って来るわけで、これが普通だったらショートする。そして火花が散る。

電気量が多い場合、火花はデッカく、少なかったら火花は小さい。おれは何度も失敗し、火花の感覚を身に付けていた。だから火花を見るだけで、その中にどんだけの電気が残っているかが分かる。

いつどこでバッテリーを見つけても、その残量をチェック出来るように、おれのズボンの右ポケットにはいつも一本の電線を入れておくことにしている。

しかしやはり捨てられているバイクのバッテリーだけじゃ足りない。バッテリーはどこにあるんだろう？　と思いながら、いつものように自転車に乗って街を徘徊《はいかい》していた。

そうしたら、あるわあるわ、バッテリーが。しかも、大量に。そこは、浅草四丁目の交差点にあるガソリンスタンドだった。

自転車を止めて、よく見ていると、ガソリンスタンドでバッテリーを交換しているじゃないか。これらは、廃棄分なわけである。

おれはすぐさま従業員に会いに行った。

「すいませーん」

「はい、いらっしゃい」

「あの、あちらにあるバッテリーは廃棄するんですか？」

「そうっすよ、廃棄するのにもお金がかかるんですけどね……」

若い従業員は困った顔をしながら言った。

ここではこのバッテリーは厄介者《やっかいもの》になっているようだ。

「ちょっといいですか？」

と言って、おれは右ポケットから例の電線を取り出し、バチッとやってみた。

バチチチッチイイイ！

勢いよく火花が散った。従業員は驚いた顔をしている。

車ではもう使い物にならないかもしれないが、人がちょこっとテレビを見たりする分には、十分いける。むしろ余るぐらいだ。

従業員におれはこう切り出した。

「あそこのバッテリー、お金がかかって大変でしたら、私が毎回一つ残らず持って行きましょうか？」

思い切りすぎたか？　と思っていると、彼にちょっと待つように言われ、三分。

若者は右手でオッケーサインを作りながら走って来た。

「店長から、オッケー出ました。毎回、ここの沿石のところに置いておきますから」

「あ、ありがとうございます！」

「おっちゃん、なにやってる人なんですか？」

「私は、隅田川沿いで暮らしている路上生活者です。東京に落ちているゴミを拾いながら、生活をしています」

と正直に伝えると、頑張って下さいと励まされた。

これで、半永久的に車が無くならない限り、バッテリーを手に入れることが出来る。おれの家ではバッテリーを常時六個装備することにした。これで部屋の中でライト、ラジカセ、テレビを同時に使うことが出来るようになった。

ハシモトなんて、もうリゾートにいるみたいになり、昼間っから外でテレビ見ながら、拾ってきたビーチチェアに寝転がってばかりいた。

6

隅田川沿岸は、どんどん、どんどん、村みたいなもんが出来上がっていく。

警官が教えてくれた植え込みのエリアだけでなく、どこにでも家が建ちはじめた。それに合わせて、おれとハシモトも植え込みの隣の平らな場所に移って、家を建て直すことにした。

今度は竹じゃなくて、普通の材木を使った。もちろん、すべてゴミとして捨てられていたものである。

なかなか簡単に見つかるわけではないので、少しずつ、建築現場へ行っては交渉し、自分が欲しい材料を集めていたのである。

おれたちは材料をホームセンターや材木屋で買うわけじゃない。そのため、材料の長さも素材も強度も古さもバラバラである。それを少しずつ集めていくのは、結構大変な仕事だった。

でも、おれは楽しんでやっていた。そんなことを今まで考えながら生活した経験が無かったからね。これはちょっとしたすごいことだと思っている。

普通の定住生活者のように、欲しいものがあっても、デパートで買うわけにはいかない。おれらの獲物は固定されず、動き続けているのだ。ゴミ箱の中身が定期的に空になるように。さらに、獲物が形を変えている時もある。カメレオンみたいになにかになりすましている物でも、このネジはもしかしたらドアノブ代わりになるかもしれないと感じたら、上手くいくか分からないまま、拾って持って帰る。

定住者と一番違うところは、とにかくそういう頭を使うこと。おれらは狩猟民族だから、動くもの、変化するものに対して感受性を最大にしておかなくてはならない。

そんな風に頭をフルに使うと、なにがいいって、とにかく楽しい。まあ土方も面白かったけど、ゴミ拾いにはどんな仕事も負けるよ。なぜなら、人が見捨てたものを新しく生まれ変わらせて使うのだから。ノーリスク、ハイリターン。百パー、儲けだ。

おれの家には、材料がちょうどいい感じに揃ってきたので、今度の家はかなりしっかりしたものへ新築することにした。

家の寸法は、横幅が一メートル五〇センチ、奥行きが三メートル五〇センチ、高さはおれが歩ける高さ。部屋の中は普通の間取りで言うと、ちょうど三畳間ぐらい。

分解可能にするために、四つの壁が合わさってその上に屋根がかかっているようになっている。それぞれの壁は釘で甘くくっ付けているだけ。分解したい時は、釘抜きでちょっと力を入れれば簡単に抜けるようになっている。

屋根とはいってもそれは四、五本垂木を渡して、後はブルーシートを被せてあるだけのシンプルなもの。それでも中にダンボール一枚挟み込むだけで、防寒にも断熱にもなるんだから、ダンボールはエラいよ。ほんと、みんな、無視しすぎだ。

地面に直に寝ると寒いので、一〇センチ高床式にして、家の下にも風が通るようにした。これで、寒さも凌《しの》げるし、さらには湿気対策にもなるわけである。

壁は隙間が床から一〇センチぐらい空いている。これが普通の家だったら手抜き工事と言われるんだけれど、そこが間違いなのよ。今の住宅は隙間が無さすぎるわけ。隙間がないから、暖房冷房使って、一年中同じ室温を保っている。

おれの家は冷房も暖房も無いけど、必要ないからね。夏は涼しく、冬は暖かい。そしてそのためには隙間が欠かせないってこと。その隙間を夏は全開にして、冬はきちんと断熱性を持っている新聞紙で塞《ふさ》ぐだけでいいのである。

冬の寒い時でも、室温は一五度もある。カセットコンロで点くストーブがあることはあるけど、ほとんど要らない。それにみんなで集まって話してたら、知らないうちに熱くなっちゃうからね。そんなもんだよ。

　しかも、このアイデアのヒントは昔住んでいたおれの実家の民家から得ているわけよ。おれの家は日本に昔から受け継がれている伝統的な民家の流れを汲んでいると自分では思っている。ハシモトにもそうやって話したけど、全く理解出来てなかったけどね。

　さらに、おれの家はグラグラしてる。一見、ちょっと押すと倒れそうだ。でも、その中におれが入って、少しの家財道具を置くと、ピタッと家の揺れが止まる。つまり最小限なのよ。最小限に固める。あんまり固くやりすぎると、駄目だよ。家には遊びが必要なのだ。

　奈良の法隆寺《ほうりゅうじ》もそうだよ。キツキツに作りすぎるとすぐにポキッと折れるからね。緩すぎても駄目だけど。その曖昧な状態を作るのが、難しいし、楽しいわけよ。

　床にはゴザを敷いてる。これは天然のい草だったら駄目なのよ。なぜかって、コンクリートのせい。家が建っている地面はコンクリートなんだけど、これじゃ、水が蒸発しにくい。

　梅雨の時はやっぱりじめじめする。おれの家は通気性に優れているから大丈夫だけど、地面が湿気《しけ》てるからね。天然のい草だったら、すぐ腐ってしまう。しかし、そこは匠の技。日本人は天然だけじゃなく、人工のゴザも作れるから。い草っぽい、ビニール製のゴザを敷いているのよ。これで腐ることも無くなった。

バッテリーのおかげで、部屋も炬燵スイッチでつけるバイク用のライトで明るい。テレビやラジオも使える。普通の家となんにも変わらない。違っているのは、おれらの家はいつでも好きな時に改造や修理が出来るってことだ。自分の家を自分で直せないなんておかしいと思うよ、おれは。

それまで、みんなが造っていたものは、小さい掘立小屋のようなものばっかりだったから、おれの家を見たやつは、まるでモデルルームに見学に来た人たちみたいだった。へー、こここうなってんすねー。なるほど、ここは釘をそう打てばいいのか、とか。それぞれが来ては、メモをして帰って行った。

他のやつの家を造ることにも、随分協力した。造るだけ、自分もまた進歩する。それが楽しくって仕方が無い。

ついには、クロも上で追い出されてしまい、おれの隣に家を建てた。

クロの引っ越しは死ぬほど大変だった。クロ、反省して要らない物は捨てるかと思ったら、全然捨てる気なんか無い。結局、そのまま上から下へ移動しただけだった。

＊

季節は春になっていた。芽吹くように路上生活者たちも家を建てていた。

集まって来たやつらは、お金のことなんか気にせずに、ただみんなが笑って生きれるように、それればかり考えていたんだろう。そして、そのどさくさに紛れて、おれたちも面白い場所を作った。

ある日、ハシモトがおれのところに来て、

「スーさん、面白いもん見つけましたよ。鳥越《とりごえ》の方のゴミ置き場に……」

と言いながら、胸ポケットから煙草を取り出し、火を点けた。

「そりゃ一体なんだい？」

ハシモトは、ぐっと吸い込んだ煙を一気に吐き出してこう言った。

「カラオケセットです」

おれは吹き出した。

おれの一番好きなこと、カラオケ。千昌夫《せんまさお》を歌いてえ。三橋美智也《みはしみちや》も歌いてえ。

おれはふと千昌夫が言っていたことを、思い出したよ。

「東京では、なんでも落ちてるから、おれのところの家の家具は全部、東京で拾ったもんだよ」

そうだよ、そう言っていたんだよ。そのままで、生きてるぞ、おれも。さらには、カラオケセットまで落ちてるらしいですよ、千さん。

「でも、ちゃんと動くわけはないでしょう」

とハシモト。

「ハシモトよ、バカ言っちゃあいけないよ」

「本当にカラオケセットが隅田川に装備されたら、奇跡ですよ」

「人はすぐ諦めちゃうからね。それを実現するのが、おれじゃないか」

なんだかまた武者震《むしゃぶる》いして来た。娯楽を発明したら、隅田川はまた一変する。

すると、クロが、横からボソッと言った。

「僕んちには、マイクが二本あるよ」

もう、お前のゴミのような家財道具を処分しようなんて、おれは言わないぜ。

ああ、素晴らしいね。なんだって、こんなこと起きるんだい。

じゃあ、さっそく行こうってんで、おれとクロとハシモトと三人で、宝があるという鳥越二丁目まで歩いて向った。鳥越神社の裏にあるらしい。

道すがら、おれの子どもの時の記憶と、夕方になろうとしているこの微妙な空の色とが混ざりはじめ、急にここが浅草ではなくなった。いや、むしろあの幼い頃の空間は、この浅草と繋がっているかもしれない。

おれは、自分の家の庭にいた。栃木の田舎の町だ。

家では小鳥を五〇羽ほど飼っており、それぞれてんでバラバラの鳥小屋に入れられていた。

おれは一五歳だったような気がする。なんかその分断された鳥世界を見て、おれは、うんと大きい鳥小屋を造るとオヤジに言った。

アニキは、そんなの出来るわけねえだろうと言い出してバカにするもんだから、おれは必死に造ったのだ。

鳥小屋じゃない、鳥世界を作るんだ。

それはおれを興奮させた。

家の隣の納屋《なや》には、廃材がたくさん眠っており、それを使って造りはじめた。

おれはハマりにハマって、覚醒したまま一日で造り上げた。

それ見て、みんなビックリした。

オヤジはなんにも言わず、自分の集めていた鳥たちを全部残らずその鳥世界の中に入れてくれた。

いやあ、あれはうれしかったね。

おれはあん時から変わってないし、あん時にもう分かってたのかもしれない。

横にいるメンバーたちを見ながら、ただ笑った。こいつらは、すごい。なんにも関係ないのに、金が無かったら分け与えるし、電気を点けてあげたら、本当に感謝してくれる。

この前、アフリカの映像がテレビで流れていた。それを見ながらおれとハシモトは、あいつ、クロに似てないか、と何度も言っていた。

そのテレビに登場していたキクユ族の考え方は、『自分が他の場所に移って行ったら、そこの土地は他の人が使うことが出来る』という土地の考え方だった。

自分のものはみんなのもの。そうすることによって自分の場所が出来るんだということらしい。みんな、クロみたいだったよ、本当に。


目的地に着くと、カラオケ機だけがゴミ置き場にポツンと取り残されていた。ハシモトがゴミ置き場から少しズラしておいたようだ。電気コードも死んでいない。カラオケカセットもフルで付いていた。

「これ、相当な曲数あるよ」

クロが調査をした。

「どうですか、スーさん」

ハシモトが清々しい顔で言った。

裏側を見ると、ちゃんと一二ボルトの表示が。

「これはひょっとするぞ」

おれは自信を持って言った。

道行く人には変な目で見られていたが、盛り上がっているおれたちには、そんな無意味な視線は気にならない。おれらは娯楽を生み出そうとしているのである。

昔は、こんなカラオケ機もどこそこで見られたのに。今や、みんなカラオケボックスへ行ってしまうからこいつらも見捨てられちゃったらしい。

自前のカラオケボックスをこいつで作ろうじゃないか。

それにしても重い。しかし娯楽を生み出すという興奮はその辛さを忘れさせた。感覚がマヒしたように、一キロほどの道のりをおれらは休みもせずに一直線に運んだ。

家に戻って試してみる。どうなってるか分からないが、どうせ他の電化製品と一緒のはずだ。

しかし、いつも通り電線を繋ぐが動かない。それならと、奮発してバッテリーを三個繋いでやってみた。

ピカッ

赤い電源ランプが光った。

「すげー、スーさん！」

「まあ、バッテリーはたくさん使うが、いいよな！」

クロがさっそくマイクを奥から、引っぱり出して来た。

接続して、カラオケカセットを突っ込んだ。曲はもちろん、千昌夫「星影のワルツ」。

大音量にして歌った。

ついにはカラオケセットまで完備してしまったのだ。我々は。

おれは、余っている材料を使って、おれとハシモトの家の隙間にカラオケが出来る宴会所を作った。

これにはさすがのモチヅキさんもビックリして、宴の場所がモチヅキ邸前から、このお手製カラオケボックスへと移り変わって行った。

このカラオケボックスは開かれた場所にしたかった。どんな人間でも入ることが出来る自由な場所。だから、分け隔てなく、知ってる知らないに限らず、どんなやつでもこの宴会には参加出来ることにした。した、というより、むしろ自然とそうなって行った。

噂を聞きつけやって来ては、みんな一曲歌う。さらに土産物を持って来るもんだから、酒はいつでも飲みきれないくらいあり、コンロも二台用意しているので、料理好きなやつがドンドン作る。

こんな桃源郷《とうげんきょう》みたいな場所、どこ探しても見つからないよ。


「すんませーん」

と人の声、おれたちは夜遅くまで続く宴会中。

「なんです？」

ハシモトが入り口の透明ビニールシートを捲って対応した。

「いや、上の堤防を歩いていたら、下の小屋が光っているのを見つけて……。来てみたら、カラオケらしき音がするし。なにやってるんですか、撮影ですか？」

「ここはおれらの家ですよ。現在、宴会中。もちろんカラオケもある」

とハシモトが言うと、その男、びっくりおったまげた顔をして、

「なんで、電気使えるんですか？　なんで、カラオケ持ってるんですか？」

「そこにいるスーさんが、全部作ったんですよ」

ハシモトは、おれのことを自慢し出した。

男はハシモトから詳細の説明を受け、ふむふむ、と頷きながら、

「ぜひ、混ぜてください！」

と一言。

ハシモトはすぐに、

「どうぞどうぞ。さ、入って入って」

そのスーツを着た男を招いた。

「おれ、タブチっていいます。銀行員で、二八歳です」

「関係ないよ、なにやってる人でも、ここでは、誰でもタダで酒が飲めるんだよ。ほら」

「いいんすか?」

若いタブチは杯を手にし、乾杯の音頭をとった。

いやいや、なんだかすごい宴会になってきた。若いやつも、おじいちゃんもみんなで混ざって、飲みまくっている。

と、一緒に来ていた別の男におれはふと話しかけた。そいつも見たことがない顔だった。

「あ、っそ、っそ、そで、す、ね」

「んっ?」

「お前、初めて見るな」

おれが聞くと、

「はじめまして、わ、たしは、りゅ、がくせいの、リー、です」

なんだよなんだよ、中国人留学生のリー君まで、入り込んで来ているのかい。おれは、うれしくてたまらなくなった。

「おい、今度、お前、餃子作って来いよ」

とおれはオーダーしてみた。

「はいっ、もち、ろん、です、スーさん、よろしくお、ねがいしま、す」

気付いたら、ここには路上生活者ばかりか、普通の人間たちもたくさん紛れ込んでいたのだ。

「あの、トイレ行きたいんですけど」

とタブチが言った。

「トイレ？　男は川でやってくれ。大便は向こうにある隅田公園の公衆便所使ってね。あっ、公衆便所にはなぜだか紙が無いから、このトイレットペーパー持って行きなよ」

ここではみんなが助け合っている。それが路上の基本だ。そいつがどんな人間なんて関係無い。家や金が無いやつだけでなく、サラリーマンや海外から来た人間にとっても落ち着く場所だったようだ。

こうしてリピーターの多いこの宴会所は、毎回二〇人以上が集まって来るようになったのだ。

ベンツに乗ってた元社長、ヤクザの落ちこぼれ、オカマの兄ちゃん。集まってきた人間は、種類も年齢も様々だった。人生これからだというのに、二〇歳の男もいた。

生活が苦しかったり、仕事が無くなったりという理由だけで、路上生活に入るわけではないのだ。

＊

さらに驚いたことにそこは男だけの世界と思っていたが、実際はそうではなかった。しかも、おばちゃんだけではなく、ちゃんと若い『女子』がいるもんだから、おれは慌てた。そのおかげで、仕事にハリが出ていたくらいだ。

むさくるしい男連中と一緒に居すぎて、忘れてしまっていた感覚が呼び戻り、おれは生きた心地がした。

若い姉ちゃんは、やっぱり若い兄ちゃんがいいらしい。全員が付き合っている男と一緒に来るわけだ。当然、その男も路上に住んでいる。だから、おれにはチャンスは巡って来ない。

まぁおれも若い姉ちゃんよりは、一人子どもを産んだくらいの経験豊かな女性の方が好みだから我慢することは出来た。

それでも、そうやって会っているといろんなことが起こるものである。

いつもは、二五歳の彼氏と一緒に来ていた二二歳の女の子が、その日は彼氏と喧嘩したかなんかで一人で来ていた。

なんでそんな二〇代で路上になんかいるんだよ。働け、働け。と、おれは説教をしながら炊きあがったご飯を茶碗に盛って彼女に手渡した。

「スーさん、いつもありがと」

でもおれは、名前も知らない。

「おー、いいけど。どうした今日は一人か？」

「うん。もういいの」

おれは適当に流した。

「あいつ、飯炊くの下手だもん」

「まあ、若いやつは仕方がないだろうよ」

「かっこわるいよね」

ほー。おれは味噌汁をすすった。

「それに比べて、スーさんはすごいよ。ご飯はおいしいし、出汁《だし》もちゃんと鰹節とイリコ使ってるし。魚料理も怠らないし、インスタント食品多用しないし。やっぱり男は、ちゃんと料理が作れないと、頼りないよね」

そうか、飯か。飯炊くのが上手いことがモテる条件とは。

すると、その子は横で食べているみんなに気付かれないように、

「セックスしよ」

なんて言ってきた。

さあ大変。おれはなんも躊躇《ちゅうちょ》することなく、おれの部屋へ一緒に行こうと無言で伝え、その日は久々の絶頂を味わったのでございました。

もっと飯炊き技術を向上せねば。おれは己を最大のライバルに設定し、技を磨き続けることにした。

そのおかげで、月に一度くらいは快感を得ることに成功したのである。

セックスが終わると、いつもおれはなぜ彼女たちが路上生活をしているのか、聞いてみた。

不思議なことに、親に捨てられたとか、両親が死んでしまったとか、そんな理由ではじめている子なんて一人もいないのだ。みんな家族がいる。しかも埼玉や神奈川とか、やたらと近い。なんと、同じ台東区という子もいたのだ。

なんなんだ、これは。理由を聞いても答えないが、秘密にしているってわけでも無い。要は、自分でもよく分かっていないようだ。

なんかとんでもなく壮絶な出来事が彼女らにあったのかと考えていたが、そうではなかった。

中には、妊娠してしまう子も出てきた。その子は、赤ん坊を実家の親に預けてしまった。もう訳が分からない。

やはりおれは、若い子より熟女が好きだね。

おれの家の近くの住人は、四五歳ぐらいの彼女と暮らしていた。彼女ももちろん路上生活者だった。その住人とは別れたらしいのだが、別れた後もおれの家には遊びに来ていた。

その時は、彼女は自分で仕事を見つけて、細々とだけれどアパートで暮らしていた。でも、やっぱりおれの料理が旨いってんで、家に来ていたわけ。

そうしていると、なんとなく盛り上がっていったのだ。

すると彼女は、

「ホテル行こ」

と言って、靴を履き出した。

じゃあってんで、おれはとにかく街を歩いてるから、安いホテルを知っている。鳥越に休憩三千円というところがあるから、おれはなけなしの金を持って、自転車の後ろに彼女を乗っけて行ったわけ。

休憩が終了し、いざ出ようとおれはポケットから金を出そうと思ったら、

「スーさん、ここは私が出すから」

と、全額を払っちゃった。

おれもただでさえ金は無いわけだから、ちょっと情けないけれど、ありがとう、とお礼を言ったら、

「はい」

と手には五千円。

「はあ？」

おれは意味が分からない。

すると、その人はおれの手を取って五千円を握らせて、

「これ貰ってちょうだい。じゃあまたね」

と言って帰って行った。

おれ呆然。こんなことってあるんかい？

しかしながら、どんな女たちも決して長居はせず、半年もしたらどこかへ知らぬ間に消えていった。そして、また新しい女が現れては、まずは顔がいいやつがモテ、そして顔だけじゃ路上では駄目だと分かった後、おれのところへ来ておいしいご飯を食べて、夜泊まっていく。

これは最高だった。永遠に続いて欲しいとおれは願ったよ。

7

一九九九年、初めての夏を迎えようとしていた。

中国人のリーは本当に餃子を作り、持って来てくれることになった。

リーが奮発するっていうので、おれは宴会のたびに、そのことを会う人会う人に言いふらしていた。

リーが通っているホテル関係の専門学校が、研修でジャマイカとか、どっかそこらへんのリゾートホテルへ行くっていう時に、金の無いリーはもちろん海外など行けるわけがなく、休みになったので、

「わたし、隅田川に餃子、持っていきます」

と言ってくれたのだ。

「うちだって、リゾートみたいなもんだから」

と気楽なハシモトは、リーに言った。

「はいっ、そうですね」

と単純なリーもそれに合わせた。

それなら、大パーティーでも開催しようじゃないかということになったのだ。

おれの宣伝が効いたのか、その日は四〇人もの人間が集まった。みんな本場の餃子が食べられるもんだからって、拾ってきたラー油を何人も持って来てくれて、ラー油だけで七本もあった。その中には女も混ざっていた。

「あたしが、サチコで、こっちが、マーコ」

サチコは活発そうだが、マーコはさっきからモジモジしている。

「二人とも、路上で寝てるの。ウンコみたいな形した変なオブジェが屋上にあるビルあるでしょ。あの前で寝てたら、なんか向い岸でよく宴会をしているっていう噂を聞いて来たのよ。参加していいの？」

みんなは大賛成で、こっちに来いと手招きしている。

マーコは全く人が苦手なようで、全然喋らない。サチコが全部通訳していた。

まぁ酒でも飲めば、そのうち慣れるだろう。

リーは緊張しながら、餃子を包みはじめた。ハシモトも手伝っている。こいつもいつの間にか、この宴会の仕切り役になっていた。とはいっても、すぐに酔っ払って、おれが結局は全部後始末することになったんだけどね。まあそれはよしとした。

リーの餃子は、旨かった。ココナッツの実を潰したものをちょっと餃子のタレに混ぜる。

リーの出身地である、山東《シャントオン》省の餃子スタイルらしい。

はじめは焼き餃子、途中から水餃子にして食べた。四〇人が満足するぐらいだから、相当な量だった。

リーは完全におれらの仲間になっていた。

「おれも、スーさんの隣で暮らしたいです」

とリーは言い、

「いいよ。いつでも来いよ」

とおれは言った。それぐらい、ここは天国だったんだろう。サチコもお気に入りになったようだ。

目の前には、マーコがいる。なにか一人でぶつくさ言っている。

「おい、どうしたんだよ」

とおれが言っても、リアクション一つしない。

なんだ、こいつ。

すると、横からサチコがしゃしゃり出て来た。

「スーさん、マーコを預かってよ。この子、今年、四二なんだけど、どこから来たのか、全く分からないの。ずっと一人で隅田川沿いで野宿しているもんだから心配になって一緒にいるの」

　サチコは、まるで子どものことを話すような言い方だ。

　おれはマーコにマイクを向けて、

「なんか歌うか？」

　と聞いてみた。するとマーコは、

「香西《こうざい》かおりか高橋真梨子《たかはしまりこ》」

　と即答した。

　こいつ、もしかしたら？　と思い、香西かおりをセットした。

　曲が鳴り出した途端、パッと、おれからマイクを奪い取り、目を瞑《つぶ》り、くるりと後ろを向いて、壁に向ったたま、一曲を空で歌い通した。

　そして歌い終わると疲れてしまったのだろうか、ぺたん、と地べたに倒れた。

　しかし、その後も一向に他の人間と会話しようともしないで終始無言。また高橋真梨子を入れてあげると、前歌っていた人間からマイクを取り上げ、一曲空で歌い上げるのであった。

　その後、飲み続けて酔っ払ったマーコは、宴会所の外に出た。おれは心配になって見に行くと、マーコは、はれれー、ほほれー、とかなんとか自作の歌を歌いながら、腰振りダンスを披露していた。そして踊り終わると、また無言で部屋の中に入って来た。ずっとその繰り返しだった。

おれは本物だなと思ったね。純粋すぎるやつだ。でも、こいつを世話するのは勘弁だ。その餃子パーティーは大盛況のまま終わり、リーはクロのところへ行った。知らないぞ、あいつ。クロのところがどんなに汚いか分かっていないようだ。ハシモトは、サチコと盛り上がっており、一緒に部屋に戻って行った。おれは最後まで残って後片付けをしていた。

いやあ、大分飲んだな……。すると、背後に人間の気配がする。なんだか嫌な予感……。振り向くと案の定、マーコだった。

「ほら、今日はもう終わりだよ。おうちに帰りな」

おれは、手でシュッシュッと外へ出ろのサイン。しかし、マーコはなんのことか分かっていないようすだ。

「ここは寝るところじゃないよ。宴会所だから。マーコちゃんは、ちゃんとおうちに帰ってね」

しかし、マーコは黙っている。

こりゃ駄目だ。おれも無視して、掃除を続けることにした。

おい、サチコ、ハシモトといちゃついてる場合じゃないよ。早く、こいつを連れて帰ってくれよ。

マーコはずっとこっちを見ている。だんだん気色悪くなってきた。

おれは、適当に掃除を済ませると、それじゃあね、と言って、宴会所に隣接している自分の家へ入って行った。マーコはそのまま、突っ立っていた。

あれじゃ路上では生きて行くことはできないよ。しかし、それを手助けするほど、おれも余裕あるわけじゃないからな。

疲れたおれは、そのまま最近拾ってきた羽毛布団に包まって深い眠りについた。


朝、パタパタと鳩の羽の音で目が覚めた。ちょっと寝坊したようだ。まあ昨日飲みすぎたから仕方がない。それにしても羽毛布団はかなりの効果である。汗をかいていた。

服を着替え、靴を履き、外へ出た。

隅田川沿岸は今日も晴天で、絵の具で塗ったような青空だ。もしかすると、このおれの生活は、作りものじゃないだろうかと思わせるが、目の前ではクロがリーと一緒に今日も大量の餌を鳩にあげている。やはりこれが現実であることを痛感する。

でもまあいいさ。昨日は旨い餃子を食った。鼻歌交じりで煙草に火を点けると同時に、クロがボソッと言った。

「スーさん、あの子、ずっとスーさんの家の前に立ってたよ」

殺気を感じたおれは、辺りを見回した。すると、マーコが昨日と同じ場所にまだ立っている。

「スーさんの家がいいって、思ってんじゃないの？」

とクロは無責任な発言。

「おい、お前ちょっと、なに言ってんだよ、無理だよ無理」

なんか、嫌な展開である。すると、ハシモトとサチコも起きて出て来て、

「マーコ良かったね、スーさん、あんたをお世話してくれるってよ」

と、いきなり言いやがった。勘弁してくれ。

「あたしは、ハシモトんとこで暮らすことにしたから、ちょうど良かったね。ご近所さんだよ」

ハシモト、お前のせいだよ。ほんと。でもあいつはそんなことちっとも構わずに、

「なんか、新しい生活のはじまりですね、スーさん」

なんだかスッキリモードになっている。

「もう勝手にしろ！」

とおれはヤケクソになって言った。

すると、マーコはすぐに、おれの家の中に入って行った。

このやろ。なんだよ、全部、分かってんだろ、ちゃんと話せよ。

怒りと共に入り口からマーコを覗くと、マーコはおれの布団を畳み、部屋の掃除をはじめ出した。

なんか、おれ、なにも言えなかった。

なにも知らないクロとリーは、餃子のおかげでマーコとスーさんが結ばれちゃったよ、キューピッドじゃねえかよ、などと言い合っていた。おれは無視することにした。

「一ヶ月だけだぞ、そしたら、出て行けよ」

仕方なく、おれはそう言った。

だがその後、二度とマーコはおれの家から出て行くことはなかった。

*

おれとマーコの二人暮らしがはじまってしまった。

なんで路上で所帯持っちゃってんだよ。

次の日、マーコはどこに隠し持っていたのか、ミッキーマウスの絵柄の布バッグやら、なんやらたくさんの手提げバックを手に、しかも、そのバッグ一つ一つには、おそらくどっかから拾って来たであろう服を、詰め放題のセール時みたいに詰め込んで、おれの部屋へ持って来た。

そんなの聞いてないぞ、お前、ふざけんな！　と吠えても、マーコは一向に気にしない。終いには、吠え続けたおれの方が先にダウン。

大変なやつが入居してきたもんだ。なに聞いても答えない。でも、たまになんか自分が言いたいことがあると、腹が減っただの、水飲みたいだの、煙草ちょうだいだのと言って来る。

なんだ、この自己中心的行動。おれらが、どんだけ今までみんなと助け合って来たと思ってんだ、と言っても、なんの反応もない。

で、叩こうとすると、いきなり、キッとした殺気を帯びた顔をする。これじゃ、どうすりゃいいのよ……。

酒を与えると、やけに上機嫌になり、といっても会話は相変わらず不可能なんだが、カラオケセットを起動してなけりゃ、大丈夫だと油断していたおれが甘かった。

マーコは、バッグの中を弄《あさ》り、アイワの赤いカセットプレイヤーを取り出し、香西かおりのカラオケベスト集というジャケットのケースから、取り出したるはカセットテープ。カチャッとカラオケにセットした途端、いつもそこに合わせているのだろう、瞬時にはじまる音に合わせて歌い出した。

これはかなわん。おれも、目には目を、歯には歯を、ということで、持っているソニーの最新のラジカセを大音量にし、千昌夫を歌って対抗した。

しかしマーコ、全くおれの攻撃が効いていないようで、気付いてないのかしら、と思わんばかりの入り込みよう。メロディの違う演歌が、二つ同時に大音量で流れ続ける有様となった。

さすがのおれも、負けた。というか、なぜこんなところで闘いを繰り広げなくらゃいけないのか。ここはおれの家だぞ。しかし、マーコは未だに、目を瞑り、NHKホールで大観衆を前に歌っているがごとく、世界の中に浸《ひた》っているのでありました。

いや、いや、ちょっと待て。これは、ちょっとおかしいだろ。と、おれはアイワの停止ボタンを押し、無音にした。

そして呆気に取られたマーコの右頬を思いっきり平手打ちした。マーコは、綺麗に部屋の奥まで転がって行った。

しめた、と思ったその瞬間、マーコはガルルと獣のような音を上げ、おれに立ち向って来た。ムキ出しになった、マーコの牙は、おれの右手の甲に噛み付き、食いちぎらんばかり。

いかん、これではこの獣にやられてしまうと思ったおれは、両足をマーコの腹にぶつけ、その反動のエネルギーで、噛まれている右手を獣の牙から脱出させることに成功した。

がらん、ごろん、と転がって、マーコは調味料等が並んでいる棚にぶつかり、ようやく動きが止まった。

なにが起きたのかと、不安げな顔をしたハシモトとクロがおれの家に飛び込んで来た。

「スーさん!! どうしたんすか？」

「いや、こいつが、噛んだんだよ、あー、痛っ……」

手には歯形がついて、そこから血が滲《にじ》み出ている。

「あれえ!! ひどいっすね、この傷」

「あいつだよ、あのバカっ！」

「マーコがやったんですか？」

ハシモトがマーコの方を見ると、マーコは奇跡的に口を開けて喋り出した。

「あっちが、ぶった」

とおれを指差した。

「なんすか、スーさん、女をぶったんですか？」

とハシモトは目を細めて、今度はこっちを向いて言った。

「駄目ですよ、女をぶったら。噛まれても文句言えませんよ」

おれは不甲斐《ふがい》なかったが、ハシモトとクロ、ついでに遅れてきたサチコにも説教されて、マーコの計画通りなのか、おれがすべて悪いという結果に収まった。

こいつ、侮《あなど》れない。もう、怒るのを止めた。これじゃ、損する。

いや、でもこいつの服が多すぎるのが悪いんだ、とおれがまた食い下がらずに吠えだすと、クロが、

「もう、子どもなんだから。じゃあ、僕の倉庫から、クリアケースの大を二つ持って来てあげるから、それに入れなよ、マーコ。ホントにスーさんは細かいんだから」

ということに。マーコはここぞとばかり、うん、と頷いた。

マーコの服はおれの予想通り、クロがくれたバカでかいクリアケース二個に詰め込んでもまだ入りきらず、結局は家の奥に作っていた収納棚すべてがマーコの服で埋め尽くされたよ。

もう、おれはそこで、諦めることにした。徹底してるよ、マーコは。

マーコはこっちが怒らなければ、決して噛んだりはしなかった。掃除はするし、料理も定期的にちゃんと作る。それはそれでいいのかもな、とおれは受け入れることにした。

ある日、料理をしたいから買い物へ行くって素振りを見せるので、おれは財布を渡し、マーコに買出しを頼んだ。マーコは自転車に乗れないので、歩いて買い物へ行った。初めてのことだが、指示すると嫌がるので、なんにも言わずに行かせた。

しかし、マーコはなかなか帰って来ない。昼飯時はとっくに過ぎている。

おいおい、どうしたんだよ。財布持って逃げ出したか？　しかも、この大量の服をおれの家に置いたまま……。いや、これははじめからの作戦だったのか、と考えているとマーコが帰って来た。

えらく、しかめっ面をしている。すると手には巨大な買い物ビニール袋。

「お前、なに買って来やがったんだ？」

おれは焦ってそのビニール袋の中を覗くと大量の食材。しかも、おれはいつも99円ショップで買うってのに、普通のスーパーで、しかも結構高いやつを買っている。しかし、噛まれるのは嫌なので、手を上げずに、落ち着いて聞いてみた。

「マーコ、お前、なんでこんないいもの買ったんだよ。カンパチの刺身まであるしよ。野菜なんかも安いやつでいいんだよ」

「だめだめ。だめだめ、とーちゃん」

　マーコは首を振っている。

「誰だよ、とーちゃんって」

　と言っても、マーコは聞かないで、

「とーちゃん、いいもの食べないと、元気出ないよ」

　とさらに言ってきた。

「そりゃ、そうだけど、こんなことしてたら、金無くなっちゃうよ」

　おれがそう言うとすぐにマーコは切り返して来た。

「じゃあ、もっとどんどん稼いでよ」

　そして、おれに財布を返した。中を見ると、スッカラカン。やっぱり……。マーコは渡した金額をすべて使っていいと考えている。

　なんだよ、こいつは。普通は女っていうのはお金のことは常に心配で、節約して、貯金でもしようかなと考えるんじゃなかったっけ？　こいつはあるだけ、全部使っちゃう。そして、旨いものを食べようとする。今度からは、マーコにはちゃんと決めた金額をあげることにした。

それにしてもマーコは毎日、とにかく料理をした。味付けが少し変なのだが、そこはご愛嬌だった。

隣のサチコと喋った後は、近所を歩いてゴミを拾い出した。マーコの酒の量が半端じゃなかったので、気にしていたんだろう。自分でも稼ごうとし出したようだった。

マーコはミッキーマウスのバッグの中からたくさんのビニール袋を出して拾いに行っていた。ビニール袋とはあのスーパーで貰う、白いビニール袋である。全部皺くちゃになっており、続けて使用してきた形跡が見える。

捨てられないようで、使っては洗って再利用している。こないだも、角ハンガーに洗い終わったビニール袋が干されていた。なんだか、独自な動きをいつもするわけよ、マーコは。

次第におれは、なんとなく、マーコのことが気に入って来た。

*

初めての夏は冬とは違い、おれたちを苦しめた。

寒い時は人間、たくさんの布団に入り込めばいい。しかし、夏はそうはいかなかった。

おれは、家全体をビニールシートで包んでいたが、夏は屋根だけを覆い、他は全開にして風が通るようにした。

これはこれで気持ちが良かった。家は壁なんか無いほうが全然いい。屋根さえあれば生きて行ける。そして周りの空間とも容易に交われるわけで、まるで部屋が広くなったような感覚になれる。ま、なれるだけだけれど。

でも、全開にしていたら今度は蚊がすごいわけ。しかも川辺だから尋常《じんじょう》じゃない。蚊取り線香なんて、普通の家のようにあんまり蚊のいないところだったら効くけれど、川辺は駄目だよ。蚊の中で寝ているようなもんだった。

そんな状態で気が変になり、マーコはなんか独り言を言いはじめた。

だからおれはまた路上を歩いたよ。なんかないか？　と思いながら、ぼんやりと工事現場の近くを通り過ぎると、そこでは家の解体工事が行われていた。

解体工事か、懐かしいね。とかおれはいろいろと思い出していたら、ぱっと閃いた。網戸があるじゃないかって。

すぐに親方のところへ飛んで行って、ゴミとなってトラックの上に載っている網戸を十枚分ぐらいカッターで切り取って持って帰った。

大量の網戸はそれぞれ、おれ、クロ、ハシモトの家の壁となり、おれらは蚊地獄から解き放たれた。しかし、蚊からは逃げられても、暑さは防ぐことが出来なかった。

おれの家には、温度計も湿度計もある。もちろん拾い物。で、温度計の針は四〇度を超えている。床の下はコンクリートだから温度はさらに上昇した。

家の壁は全開、おれは裸、マーコもパンツ一丁、さらには水に濡らしたタオルで体を冷やしている。だが、そのタオルがすぐ熱くなる。

その後、温度計は四五度に達し、さすがにこれはヤバいと思ったね。またマーコは独り言を言い出していた。

家の中は駄目だ。

ハシモトが家を訪ねてきた。二台のビーチチェアを両手に持っていた。

「スーさん、死んじゃいますよ。外で寝ましょう」

「おう」

そして、堤防の裏の隅田公園に植えてある大きな木の下で寝た。それぞれ一緒に住んでいる、サチコとマーコを横に寝かせてね。自分らは東南アジアのジャングルの中でキャンプをしてるんじゃないかと思ったよ。

それでも寝られるわけが無い。一時間おきに公衆便所に行っては水をがぶ飲みした。

次の日、おれらより少し上流の方で暮らしていた七〇歳ぐらいの爺さんが死んでいたのが発見された。誰が電話したのか知らないが、警察がすぐに来て、死体もすぐにどこかへ収容されて行った。

おれらの周りの人間は誰も爺さんから、連絡先を渡されていなかった。その場合は無縁仏になる。

ハシモトは、

「スーさん、俺になにかあった時は、玄関横の棚の一番下に入れてある封筒を見てくださいね」

とおれに向ってそう言った。

路上で暮らしていると、急に死ぬということが、そう遠く離れているわけじゃないと感じさせられる。対策を取ろうったって、健康でいること以外なんにも出来ない。

おれはもちろん健康保険もない。働いている時は保険も年金も払ってたけれどね。今は銀行口座も持ってない。

幸運にもおれは一度も病気をしたことが無い。中学校の時に柔道をやっていて肩脱臼と盲腸になって以来、一度もかかっていない。まあそういうやつじゃないと無理だね。路上は。

でも病気をしても、なんにも持っていないことは逆に生活保護を貰いやすいことでもあるから、万が一、死にそうになっても保護される仕組みになっている。

まあ現実にはそんなに社会ってのは甘くないんだけれど、中にはそういうことを狙って生活保護貰って病院にいるやつがいる。おれはそういうのは性に合わない。ただ病気にならない体を作ることを心がけている方がいい。薬だって拾ってきたもので十分だからね。

聞くと、マーコも頑丈そうだ。

なんで人間ってのは病気になることばっかり恐れて生きてんだろうね。それじゃ面白くないでしょうよ。保険って意味もおれには今いち分かんないのよ。そんなことはどうでもいいよ。

8

おれの唯一の趣味は、競馬だ。

初めてのギャンブルは競輪だった。まだ一八、九だった頃。宇都宮《うつのみや》で働いていたおれは忘年会かなんかで鬼怒川《きぬがわ》温泉に行った。

宴会まで時間があったんで、先輩が競輪に行こうと誘うわけ。やったこと無いから分からなかったけれど、モノは試しってんで一緒に連れて行ってもらった。

そこで五〇〇円ずつ二枚だけ買った。そしたら、そのうちの一枚に三千円がついた。一〇〇円が三千円だから、五〇〇円が一万五千円だよ。それでもうハマってしまったね。

宴会が終って宇都宮へ帰ってからも、会社を休んで競輪場へ通いはじめた。

でもどうも競輪はおれには馴染みきれなかった。もちろんそこでギャンブルを止めることはできないもんで、必然的に競馬に方向転換した。それが大当たり。どうやらおれは競馬が非常に向いていたらしい。

一番興奮したのは、二七歳の時だった。今は無くなってしまった宇都宮競馬場で、勝ち続けていたおれは、思い切って一口に三万円賭けてみた。

儲かってる時はなにやっても上手くいく。忘れもしない、七月の暑い日だった。

おれの賭けた「2―7」は、信じられないことにぶっちぎりで二頭だけでゴールへ向って行った。

おれは涙を流しちゃったよ。三千九〇〇円ついて、一〇〇万超えちゃいました。

それで完全に止められなくなったおれは、その後の仕事は、まずは競馬場を考えて選ぶことにした。

地方へ行って、競馬して、その競馬新聞に載っている契約土方募集欄から探して、月に一五日間くらい働いていた。

あの時代は仕事がいくらでもあった。大井、浦和、川崎、柏、船橋、関西にも行ったし、九州にも行った。船橋では八〇万当てたこともあったしなー、いい思い出だよ。

おれはデータ収集なんか全くあてにしない。こういうのは閃きに限る。

おれは新聞の予想屋が無印にしている馬の中で気になる馬を選んでいった。それが結構当たるわけよ。とにかく稼いでいた。

今や、おれは路上の人間だから、一口三万は無理でなかなか一発逆転は狙えないけれど、それでも結構稼いでいた。趣味なのに稼げるなら悪くないだろ。

おれは、マーコみたいななんにも考えてないアンポンタンはギャンブルに向いてるだろうと思い一緒に連れて行った。

おれはマーコのビギナーズラックに賭けてみたのだ。

浅草六区の場外売り場。

おれは一〇〇円だけ、マーコには三〇〇円をつぎ込んだ。

おれは大穴、マーコはテレビでよく見ていた武豊《たけゆたか》が気になるらしく、それと、名前がかわいいっていうのを選んでいた。

そしたら来たわけよ、それが。おれは全然駄目だったがマーコの馬券は、三百円が二万五千七〇〇円に大化けした。

おれは止めたのだが、マーコはもうハマって止められない。そのまま最終レースまでやり続けるはめになった。

マーコのやつ興奮状態に陥り、危うく最後のレースで一万円を賭けそうになったりもした。

その後は最後まで全く駄目だったが、おれの計画は大成功。帰りに生牡蠣《がき》、サンマの刺身、焼酎も芋のいいやつを買って、二人で宴会をした。マーコも珍しく大声で笑っていた。

それ以来毎週、おれは場外馬券を自転車で買いに行き、日曜日は二人でブルーシートの中で競馬中継に釘付けになった。

　おれは少しずつではあるが、マーコに慣れて行った。

　マーコも、喧嘩した時なんか、おれが出て行けと言うと、

「ここは、あたしの家だよ。あたしはどこにも行かない」

と泣きじゃくりながら叫んでいた。

　またそれ以上突っ込むとおれも怖いから止めておくことにした。

　マーコがそうやって、おれの家を愛していることは、やはりそれはとてもうれしいのであった。


　しかし、マーコとはセックスがなかった。

　男と女が一つ屋根の下で暮らすってのに、マーコは一切そんな空気を醸《かも》し出しやしない。

　仕方ないから、おれが自分から、どうにか盛り上がる雰囲気を作り出そうとするが、すぐ拒絶。

「お前、それじゃなんのためにおれはお前といるんだよ？」

と言うが、ほとんど無視。力ずくで押し倒し、どうにかそういう展開へ持ち込もうとするが、得意の噛みつき攻撃が久々にはじまってしまい、ついにおれは諦めた。

話を聞くと、これまでもほとんど男性経験無し。どうやら一回もやったことがないな、あれは。

おれも今更、一から一緒に成長するってのも面倒臭いし、でもそうも言ってられない自分の状態を考え、年に一回だけはどうにか付き合ってくれと、低姿勢にお願いした。

まあ、オッケーの時もあれば、駄目って時もあったが、マーコもそこらへんで譲歩した。

おれは、マーコと会う前の快楽の日々を思い出し、夢想に耽った。あの頃に戻りたい。

しかし、マーコときたらそんなおれの気持ちは無視。そのくせ、女性っぽいモノを身につけたりすることには、やたらと執着していた。

つまりは複雑で幼稚すぎて、単純なおれにはよく分からんかった。しかし、これが他の男だったら、全く受け付けられず捨てられていただろう。マーコはただ本能だけを頼りに、おれと居れば飢え死にすることは無いと考えたようだ。そもそものスタートが男と女の関係じゃなかった。

＊

『小物拾い』という仕事がある。ヤマちゃんという人がいて、彼は小物拾いのプロなのである。

小物拾いは、テレカもやんないし、電化製品もやらないし、もっと小さい物、つまりは宝石とかが専門で、ゴミ置き場にはそういう物も結構あるのだ。

ヤマちゃんは、そういう宝石や骨董品を集めて売って暮らしている。それも面白いから、稼ぎとしてじゃなくて、経験としておれもたまに付いて行ってやってみている。

この前なんかヤマちゃんがゴジラを拾った。なんだかヤマちゃんがえらく興奮している。おれには、全く訳が分からない。だって首が無いんだよ、首が。おれにはそれがゴジラなのかすら分からなかった。

「おい、スーさん！　これ、たぶん、ヤバいよ！」

「なにがだよ？　これゴミでしょ？」

「おいおい、なに言ってんの。これはひょっとすると大変なことになるよ！」

「へえぇ」

「これはおそらく初期のゴジラのフィギュアだ。高いよ！」

「首無くてもか？」

「首無くてもだよ。首が無くても、こんなものほとんど見れないよ!!」

とヤマちゃんは興奮状態。一緒に、早々と骨董屋へ行った。

ヤマちゃんの予想通り、店の人もビックリたまげていた。

「二二万円でどうだい？」

と言ってきたからね。こんな物は十年に一度拾えるかどうかってところらしいよ。

そしたら、ヤマちゃん、その稼いだ金からおれに、なんにもしてないってのに二万円くれたよ。

それで、ヤマちゃんはそのまま吉原《よしわら》へ行って、二〇万円まるまるソープランドで使っちやったってよ。良かっただろうね、さぞかしそれは。


一度だけ、おれも金のシンプルな指輪を見つけたことがある。

家に帰って、これ、売るんだよとマーコに見せたら、その指輪をさっと奪い取って、自分の指に嵌《は》めて返さなかった。そこら辺は女なんだね、やっぱり。

マーコは、服も毎日替える。自分なりに拾った服だけでコーディネイトしているみたいだ。こいつもニット帽が好きで、毎日、色違いのニット帽を被っている。

つまりは、どうやらマーコはただのバカではないようだ。自分のアンテナに引っ掛かるものだけは頑として手に入れる。そのアンテナ自体がぶっ壊れてはいるんだが。

アクセサリーや、ピンク色したもの全般、そしてディズニー全般。そこがマーコのド真ん中ストライクだ。しかも、不幸にもその変態ストライクゾーンにおれが入っちまっている。他の男とは一切話さないのだ。そう、なぜかクロは別でそれ以外は全員駄目だ。

おれは迷惑しているのに、マーコは一向に離れようとしない。今までの女はみんな、ちょうどいい頃にいなくなっていったが、マーコはいなくなりそうにない。毎日、おれの家を雑巾で拭き掃除しているあたり、完全にマイホームと思い込んでしまっている。

まあ、マーコのおかげで、今までおれが感じたこともなかった感覚がこの家の中にも登場してきたわけで。それはそれで、毎日にハリが出てきた原因にもなったかもしれない。

マーコは要らない布切れや、捨てられたTシャツなんかを拾って来ては、綺麗にハサミで同じ大きさに切り落とし、小さな布巾《ふきん》のようなものを作っている。

「なんだよ、それは」

とおれが聞くと、マーコは、

「ナンデモタオル」

「なんだよ、その変な名前」

「これだったら、なんにでも使えるし、洗えばもう一回使えるからね。いいんだよ。こういうの。分かった？」

「うるせえな」

でも、たまにこいつは本当にこういうイイことをする。しかも、そのタオルは後に少なくて困っていた、マーコの下着を増やすきっかけとなった。

＊

川沿いってのは晴れの日が多いように感じるが、それはおれの勘違いだろうか。

空は雲一つない晴天。こんな時は、家の中で酒なんか飲んでいる場合じゃない。外でひなたぼっこするのがいい。

それは隅田川に来てから知ったことだ。ひなたぼっこは酒なんかよりずっと気持ち良くなれる。

「マーコ、今日は髪切ってやるよ」

その頃、自分の髪はカミソリで剃り落とし、マーコの髪はおれが天気がいい日に外で切ってあげていた。

その日も、おれがそう言うとマーコはバッグから鏡を取り出し、外に出て来る。椅子なんか無いから、バケツをひっくり返して座る。

マーコは上着のポケットから皺くちゃになった紙切れをおれに差し出した。開いて見ると、それは金髪女性の写真だった。

「なんだ？　これ」

「その写真のように切ってよ」

「はあ？」

どうやらそれはどこかのハリウッドスターの写真で、それが気に入ったらしい。マーコはおれにその女優とウリふたつの髪型にしろということなのだ。

勘弁してくれ。しかしそれをまた小バカにすると嚙み付かれるわけで、おれは無言でその写真を見ながら、一応言う通りにやってみた。

しかし、そんなの素人のおれには当然難しいわけで、ああでもない、こうでもないと切っていたら、結局はいつも通りのおかっぱになった。

「いいねえ。とーちゃん。ばっちり」

予想外にマーコは満足している。いつもとなんら変わらないいんだが。まあ気に入ったならそれでいいや。

マーコは喜んでその汚い紙切れをまたポケットに大事そうに突っ込んだ。

マーコの足元を見ると、靴も汚い。おれが買ってあげた、マーコの好きなピンク色のスポーツ靴が汚れてみすぼらしくなってきている。

「おい、マーコ。お金あげるから靴買って来いよ」

とおれが親切に言うと、

「嫌だ。これが好きなの」

と聞かない。

「お前、そんなに汚かったら周りからもっと変な目で見られるぞ。みっともないから買ってくれよ」

「嫌だ。これが好きなの。他は考えられないの」

マーコはいつもそうだ。駄目になったから買い替えるとかそういう発想がゼロ。自分の好きな物を永遠に使おうとしている。執念深い。

もう、おれは靴のことを言うのを止めた。どうせ、おれが黙ってピンク色の靴買って来たら、なんでも喜ぶくせに、バカ野郎。

その後も、おれらはひなたぼっこを続けた。

昼過ぎ頃になると雲行きが怪しくなり、クロ、ハシモト、サチコ、と全員呼び出し、家の中で一杯やっていた。

途中からやはり雨が降り出して、しかも結構強い雨でなかなか止まなかった。

雨が上がったのは、飲み会もすっかり終えた午後十時頃だった。

すると、ピチャピチャと人が水たまりの上を歩く音がする。こんな天気で、こんな時間に隅田川沿いで。耳を澄まして、その音を聞いていた。

どてん!

と鈍い音。

「マーコ、今の音、聞いたか?」

マーコは一人で酔っ払って歌っているので話にならない。

おれは股引《ももひき》のまま外に出てみた。

初老の男性が水たまりの真ん中で倒れていた。滑ってしまったのか、男性は動かない。

「大丈夫ですか?」

おれは大声で安否確認。

ようやく、男性は我に返ったようで、アイタタタと声を出した。

「おい、マーコ、あのタオル持って来い」

とおれは、中で歌っているマーコに命令した。

マーコはブツクサ文句を垂れながら、ナンデモタオルを全部持って来た。そしてやつは、すぐに家の中に戻って行った。

おれはそのタオルで老人の濡れた手を拭き、服を拭き、足を拭いた。ちょっと腕を擦りむいたらしく、血が出ていたので、またまた、無精者のマーコにマキロンと絆創膏《ばんそうこう》を持って来させ老人を手当てした。これらももちろん全部拾った物である。

ズボンがあまりにも濡れていたので、おれが持っているズボンに着替えさせた。

老人は、

「なぜ、あなたはそんなにしてくれるんですか？」

と聞いてきた。

「そんな、困っている時はお互い様ですよ」

「本当にありがとうございました。あなたは立派な紳士です」

老人は感動していた。

「名前をフジタと申します。このたびは誠にお世話になりました」

と深々と頭を下げながら、足を引きずり、帰ろうとするので、

「足、大丈夫ですか？　おれが自転車で送ります」

ということになった。

とりあえず東浅草交番前の交差点まで送り、タクシーに乗せた。

駅周辺で、お酒を飲んだ帰りだったらしく、気持ち良くなって、堤防沿いを歩いていた

ら、隅田川にビルの明かりが映ってるのがあんまり綺麗に見えたもんだから、下の遊歩道まで下りて水面を見ようとした。今度は、建ち並んでいる路上の家群を見つけちゃって、へー、と感心しながら見回っていたら、すってんころりん転んだそうだ。

老人は、おれに、

「こんな生活して羨ましいね」

としきりに言っていた。

おれは、いつでも遊びに来て下さいよ、と言った。落ち着いた本物の紳士って感じだった。

隅田川にはいろんな人間が訪れる。ほとんどの人たちは、その遊歩道沿いに建ち並ぶブルーシートハウスのことは視界に入らないように通り過ぎて行く。

しかし、そんな意識的に無視をして歩いている人々とは対照的に、一軒ずつ丁寧に訪ねて回っている四、五人の集団が見える。

手には白いビニール袋をそれぞれ持ち、その中から物を取り出し、小屋の住人に手渡している。そして、いろいろと話し込んでいる。

一礼をするとまた隣の家に向っている。

渡していたのは、缶コーヒーとおにぎり二つであった。彼らの詳細は不明だが、キリスト教系の信者であるらしかった。

彼らはこのように週に一、二度、隅田川沿いを訪ねては食物を路上生活者に施《ほどこ》しているのである。

特に入信を勧誘しているわけではないようだ。住人たちも入信などするつもりもなさそうだが、食物はもちろん頂戴し、仲良く話している。それは不思議な関係に見えた。

「あの人たちはなにをやりたいんだろうか？」

とハシモトは言った。

「キリスト教には隣人愛という考えがあって、困っている人を助けたいと思っているんだろうよ」

とおれが言うと、

「でもスーさん、俺らは全く困ってないじゃないですか」

「知らねえよ。向うから見たら、おれらは飯も食えずに死にそうな人みたいに見えちゃってるんじゃないのか。貰えるんだからいいじゃねえか」

「まあそうだけど」

ハシモトは困った顔をした。

それから、しばらくして、おれの家を訪ねてくる人がいた。

またキリスト教の人だろうと思ったが、とりあえず玄関先に出てみると、フジタさんだった。

まさか、本当に来るとは思っていなかったから驚いた。

じゃあ、とりあえず、中入ってくださいよ。お茶出しますからと言っても、

「いやいや、ここで、いいんです」

と言って聞かない。そして、手にはなにやら、大きい袋を持っている。

「この前のお礼をしたくて来ました」

と言って、フジタさん、その持ってきた袋をおれに手渡した。

フジタさんの目の前で、おれはその袋を開けさせてもらったよ。中には、新品のシャツ、ズボン、下着も、マーコの上着、下着があった。ブラジャーまで入っていた。

「私は、紳士服屋の社長なんです。どうぞ、受け取って下さい」

フジタさんはそう言った。『テーラーフジタ』という会社を、合羽橋《かっぱばし》付近でやっているという。

服を出してみると、ノリの効いた綺麗なストライプのシャツ。かっこいいよ。

マーコも服っていうキーワードを耳にすると、さっきまでプイと後ろを向いていたのにもかかわらず、いきなり近寄って来て、袋の中の婦人服を取り出しては、体に当ててみて、サイズ、色をチェックし出した。

「マーコ、ちゃんとお礼をしろよ!」

とおれが言うと、無言で頭をコクリと下げた。

フジタさんは、

「寒くなってくるから、冬物も入れといたよ」

と言って、セーターを出して、おれに見せてくれた。

一体どうなってんだよ。おれは泣きそうになった。

「あなたは、恩人です。素晴らしい人だ」

とフジタさんは言い残し、さらっと去って行った。

マーコは袋から、服を出しては入れ、また新しいのを出しては入れを繰り返していた。

おれは、路上に住んでいるから……、ということを全く考えないようになっていた。分かってくれる人間が何人もいるのだ。

フジタさんのおかげでおれとマーコは、それはそれは新品で、しっかり縫製された服を着ることになった。

服は重要だよ。シャキっとした服着ると、毎日が気持ちいい。形状記憶っていうのか?洗濯した後も、シャキっと戻るのよ。アイロンが無いおれら用に考えてくれたのだろう。マーコも口では言わないけど、なんか機嫌がいい。下着がいっぱい入っていたのも、あいつ、相当うれしかったようすだ。

おれらは毎日服を替え、コーディネイトを楽しんでいる。

9

二〇〇〇年、初夏。

「えーっと、ここが一二番ですね」

水色の作業着の若い男が隣の同じ服を着た年配の男に声をかける。年配の男は、手に持っている地図になにか書き入れている。地図には隅田川沿岸が標《しる》されており、そこに男はボールペンで数字の一二を書き入れる。

彼らは建設省の人間だ。住宅地図には書き込まれていない、無断で河岸に建設された小屋を一つ一つ目で見て確認し、そこに住んでいる人間の氏名を聞き出し、さらにナンバリングをしているのである。

そして、若い男は黄色地に赤で書かれた紙切れを、小屋を包んでいるブルーシートの壁に貼った。その紙切れには、『今月の二三日早朝までに一時撤去をすること』と書かれている。

そして、男たちは隣の小屋へと向って行った。そこは、硯木の家だった。

その男たちは建設省第六課の人間で、年配の方がナカガワ、そして若いのがコバヤシという。

彼らは、月に一度一時的に川沿いに無断で建設された小屋を、違う場所に撤去し、川沿いに一軒もブルーシートが建っていない写真を撮り、上の人間に見せる。それが仕事だ。それは彼らにとって、非常に退屈なことであった。

しかし毎回、撤去の告知の際に硯木と話すうちに、家の構造、電気などの仕組み、お金の稼ぎ方などを知り、彼らは硯木の人柄、家に興味を抱くようになっていった。

「すいませーん」

と外で声が聞こえる。

マーコはビビりながらおれに声をかけた。

「とーちゃん……」

「なんだよ、マーコ、お前が出ろよ」

マーコは一向に外に出る気がないようだ。面倒臭くてぶつぶつ言いながらおれは玄関を開けて顔を出した。

ほうら、建設省だ。

マーコは国の機関のやつというのが、声だけ聞いて分かるらしく、絶対に出ない。

この川沿いの遊歩道にみんなで住みはじめてから間もなく、建設省の人間がやって来た。

そして、毎月一回、一時的に撤去をしなくてはならなくなった。

「おう、ナカちゃん。また来たの」

「すまんね、スーさん」

「ほんとだよ、謝るんだったら、上の人間に言って止めさせてよ」

「んなこと出来るわけないだろ。永遠に撤去されないだけでも、ラッキーだと思ってよ」

とナカちゃんは、すまなそうにいつも言う。

「しかし、テレビもラジカセも、家の明かりもスイッチ付きだし、スーさんち、やっぱ最高っすよ」

コバヤシもおれんらが大好きなのだ。

さらにナカちゃんが、

「あのね、スーさん、非常に言いにくいんだけど」

と言って、顔を曇らせた。

「どうしたナカちゃん。また上からなにか言われたのかい？」

「そうなんだよ。あのね、スーさんの家の高さが高すぎるんだって」

あまりに訳の分からない注文に、おれは驚いた。

「はあ？」

「だから、この家さ、人が立って歩けるぐらい高いじゃない？　それが駄目らしいんだよ」

おれは笑ってしまっていた。

「で、どうする？　ちょこっと切ればいいのか？」

「そうしてくれると、非常にありがたい」

「分かったよ。じゃ、今度の撤去の時、ついでに柱を切るよ。立って歩けないようにすればいいんだろ」

「すまん」

「ホントに。もう、なに考えてんだかね」

「それじゃ、また来るよ。悪いね、毎回撤去大変なのに」

ナカちゃんはおれに謝って去って行った。

一体、その基準はなんなんだ？　あまりにも曖昧で適当である。

まあどうせおれの家はいつでも改築が出来るからいいけどよ。

ナカちゃんよ、そうやって、家が自由自在に造り替えられるってすごいことなんだよ。

分かるか？　分かんないだろうねえ。

おれはルールを破ることが大嫌いである。言われたら、しっかり従う。しかし、言われるまでは、好きにやる。これがおれのやり方だ。

もうすぐ一時撤去の日だ。

おれんちは簡単に分解出来て、一人の人間でも楽に持ち運び出来るような家に造ってあるから、家だけだったらなんにも問題はない。

問題はマーコだ。こいつ、なんでこんなに荷物があるんだ。一時撤去できついのはマーコも同じなはずなのに、こいつときたら、一向に荷物は減らない。増え続けている。この荷物のおかげで毎回死にそうになる。

しかし、当のマーコは相も変わらずだからね。もう、おれも諦めたよ。いいよいいよ、それで。個性でしょ、個性なんでしょ。もう知らない。

クロの家も、ハシモトの家もみんなおれが設計したんだけど、全部造り方を変えてるわけ。変えてるっちゅうか、実験だな、実験。

ハシモトんちは真ん中でまっぷたつに割れる。クロのところは、もういちいち壊すのが面倒臭いって言うんで、家ごと堤防の上に運べるようにした。

まぁそうやって、おれの家造りの技術は、恐ろしいほどの勢いで上達していくわけ。

ハシモトの家は、特にお気に入りだった。おそらく、これまで造ってきた中で一番イイものが出来たんじゃないかってぐらいだ。

高さは人間が楽に歩けるくらい十分にあるし、家を分解せずに堤防の上まで撤去出来るように設計されている。おれの考えられた自邸より、さらに進化させたヴァージョンアップ版なのだ。

ハシモトは大層喜んでくれたし、サチコも本当に感謝してくれていた。しかし、それによって一つ予想もしなかった問題が起きた。

ハシモトの家があんまり気持ち良くて、広いもんだから、周りの人間にとっても素晴らしい場所になったのだ。

連日飲み会が開かれ、おれも知らないようなやつもハシモトの家で、酒を飲んではそのまま泊まっていくことが多くなった。

はじめは、そりゃ楽しいもんだから、ハシモトもどんどん来い来いって言っていたんだが、次第にみんなの遠慮も無くなって、なんだか巣窟のようになっていった。非常に都合のいい場所になったのだ。

ハシモトにとっては毎日毎日が宴会になるもんだから、多少疲れを見せはじめていた。

おれは一度注意をしたよ。それじゃ体も壊すし、他のやつも甘えちゃうから止めとけって。ハシモトは分かってはいたが、もう後戻りは出来なかった。

サチコも他に逃げる場所があるわけでもないから、付き合っていたんだろう。おれは良いことをしたのか、悪いことをしたのか分からなくなっていた。

ハシモトはなんでも笑顔で受け入れようとしていた。

一週間後。

午前三時頃から隅田川に住むすべての路上生活者は、それぞれの家の撤去作業に取りかかる。午前七時から開始される建設省によるチェックの前にすべての家の部品、家財道具を堤防の裏まで上げなくてはならない。

家を壊すのは、一時間ぐらいしかかからないが、なんせ家財道具を一つ一つ上にロープで上げるのが重労働なのである。

うちはマーコの動きに全く期待できないので、ほとんどを自分一人でやる。荷物はマーコのおかげで他の家の三倍くらいあるのにだ。あいつは撤去は嫌いだ、などと愚痴を垂れるだけだ。本当に役に立たない。

雨の日や、寒い日は本当に最悪である。

それでもいいこともある。

家を壊すなんていう体験は、普通に生きていたら一生のうちでもないだろう。だけど、おれらは月に一回あるわけだ。そのため、おれは自分の家のことはなんでも知っている。床下のどこが悪いとか、柱の一本が少し腐りはじめているだとか。だから、その都度、修理すべき場所を確認でき、もちろん自分で修理出来る。普通の家なんかより、清潔で、頑丈なのよ。

おれは鋸を持って、柱を七〇センチ切り取ることにした。これで文句無いだろう。横では、よく分かっていないはずのマーコがなんか不貞腐《ふてくさ》れている。

窓ひとつくらい自分で造れるようになると、もうちょっと日本にも面白い空間が出来ると思う。

午前七時、隅田川沿いの遊歩道には一軒の家も建っていない風景が二時間という時間限定で突如現れた。

静かな時間が流れる。

すると、車道から堤防横の公園へと二トントラックが入って来て、中から清掃業者が降りた。その後ろから、ワゴンRに乗って建設省のナカガワとコバヤシが上司と一緒に到着。現地集合していたバイトの清掃員と共に、その誰もいない隅田川沿岸へ向って行く。

この日だけはナカガワもコバヤシも厳しい建設省の人間に早変わりし、架空の記録を残すために、焼け野原のようになった川沿いの風景を写真に収めていく。

それとは対照的に堤防の上では、撤去された家財道具や家の材料で溢れかえり、路上の人間たちは朝三時からの重労働を終えた安堵と、その後待っている再建設のための英気を養うべく煙草を吸っている。

カセットコンロで珈琲を沸かしている者もいる。材料の修理をしている者もいる。その人間の塊は動物的なにおいを放っている。

「最近、アンタのところの稼ぎはどうだい？」

「ん、悪くはないけど、テレカがあんまり取れなくなってきたね」

「そうだよな。おれらも他の仕事を見つけているところだよ」

一時撤去は疲れるが、こうやって普段は話さないような人間とも情報交換を行うことが出来、祭りのようでもあった。

建ち並んでいる家が一瞬にして消える。堤防横の道路には人が溢れ返り、いろんなものを売ったり、物々交換する者もいた。さながら闇市のような景色だ。

「スーさん」

ある男がおれのところへやって来た。たまに会う路上の友人だ。

「あのさ、これ持っといてくれないか?」

と、封筒を渡されたが、おれは中を見なかった。

「なにかあったら頼む」

と言って、男は去って行った。

その封筒には、自分が死んだ時に知らせる連絡先が書かれているのである。これが無いと、路上の人間は無縁仏になる。しかし、日常ではなかなか渡しにくいため、このような祭りのドサクサ時を選んだのだろう。


午前九時。建設省が通り過ぎた瞬間から、また順に家が建っていく。

おれは建設省に対して不思議と反抗的な感情が無い。一時撤去のおかげで、おれは家を組み立てるのが速くなったし、毎回家を壊すおかげで、どの部分が現在調子が悪いか、月に一度、検診することが出来るようになった。

定住の家で、月に一度、家のすべてを点検しているところがあるか? あるわけない。あるとしたら、莫大なお金がかかる。そんなこと富豪しかできない。それと同じことをおれらは出来るようになった。

おれはすべてのことをこうやって捉えることに、ある種の興奮を抱いた。気持ちいいよ。

強風に吹かれても折れない竹みたいな人生は。

なにか言われるまでやらない。なにか言われたらきちんと従う。それが、おれのやり方なのよ。

遊歩道に荷物を持って下りたら、先に下りていたマーコがなんか騒いでいる。近くに寄ってみると、

「スイカ、スイカ、スイカ……」

ワナワナ言っている。

「おい、マーコどうしたんだよ」

「とーちゃん、スイカがなってるよ」

なんと、植木の中に本当にスイカがなっている。

すると、ハシモトが口を開いた。

「これっ、あの時の。あのモチヅキさんのパトロンのカドマッチャンが来た時にくれた……」

「おーおー」

とみんな声を漏らした。

なんと、あの時に、ぷぷぷと吹き飛ばしたスイカの種がなったのだ。おれらはスイカ一個の収穫の歓喜に包まれた。

とうとう、スイカまで作っちゃったのね。とはいっても放っておいただけだけど。そういえばマーコは日課のように植栽に水をあげてたからね。あれが効いたな。

ハシモトにみんなを呼んで来させ、おれ、マーコ、クロ、ハシモト、サチコ、リーの六人で食べた。味は、全然甘くなかったよ。でも旨かった。なぜか、リーが故郷の味を思い出すと言って、泣きそうになっていた。

モチヅキさんとゲンも途中からやって来た。

「あれっ、スーさん、天井低くなったね」

「そうなんだよ。建設省がもうちょっと下げろってさ」

モチヅキさんとゲンは笑いながら言った。

「でも、これはこれでなんか落ち着くな」

マーコだけはブツクサ言っていたが、おれらは意外に満足して、天井の低い新しい家で、またいつもの宴会に突入したのだった。

10

二〇〇〇年、一二月。

宴の話題は、稼ぎについてだった。

「最近テレホンカード売れなくなってきただろ」

とモチヅキさんは、おれにそう言った。

「なんか全然駄目っすよ。買取価格が七掛けから六掛けに落ちましたし、一度でも使われたものは、買い取ってくれなくなったんですよ。ゼロカードなんか、一切取り合わなくなった」

これまではまだ良かったテレホンカード集めの仕事も、二〇〇〇年に入ると、次第に携帯電話の普及により需要が減り、かなり厳しい状態になっていた。

最近では、硯木たちはテレホンカード集めよりも、路上で拾ってきた電化製品を、玉姫公園でやっているドロボウ市で店を出している人間に売る仕事が稼ぎの中心になっていた。

電化製品も『リサイクル法』というものが制定され、粗大ゴミが管理されるようになり、路上の人間がゴミ置き場から拾うということがだんだん難しくなってしまった。

おれらの仕事は、流動的で、なかなか一つの稼ぎ方を長く続けられないわけよ。

すると、クロがボソッと喋り出した。

「あのね、最近、アルミ缶の値段が高騰しているよ。今、キロ八〇円を超えてきたんじゃないかな?」

「本当か、それ」

クロはうんと頷いた。

捨てる神ありゃ拾う神ありだ。おれが路上で暮らしはじめた時なんて、キロ五〇円だった。ここ二年で金属の値段が急騰し出したのだ。今や、アルミ缶拾いは新時代の稼ぎブチへと進化していた。

「値段はさらに上がりそうだよ」

とモチヅキさんは言う。

テレビでも、中国やインドが経済成長していく中で金属を必要としているため、単価が高騰していると言っていた。

おれはこの日から、仕事をアルミ缶拾い一本に絞ってやってみることにした。しかし、アルミ缶の仕事は今にはじまった仕事じゃないのでもう先にやっている人間がいる。そこから、自分の稼ぎを探すために、とりあえず何日かようすを窺《うかが》うことにした。

みんながどうやってアルミ缶を拾っているのか？　アルミ缶はどうやって捨てられるか？　捨てる人間とそれを拾う人間。おれはこの生態を研究した。

繰り返し観察を行うと、捨てる人間にある法則があるのが分かってきた。それは、それぞれゴミ置き場に来る時間が毎回同じであるという点。

朝早い人は毎回早いし、ギリギリの人は毎回、回収車が来る時間直前だった。

不思議だけれど、どうやら習性なんだね。だからその時間帯を知っていれば、計画的に拾えるというわけよ。

おれは、ゴミ置き場ごとにどんな人間が、どんな時間帯に、何袋ぐらいアルミ缶を捨てに来るかを徹底して導き出した。紙になんか書かないよ、頭ん中にぶち込む。

そうすると、次第にどこの家がよく麦酒《ビール》を飲むのか、そんなことまで分かってきた。

おれはまるである部族の研究をしている学者みたいな気分だった。それぐらい法則に従って人間は動いているということが分かった。

しかし、おれは止まっていた。いろいろと頭の中で考えるだけで、シミュレーションでは完璧だったが、おれはアルミ缶を拾えないでいた。

なぜならそれは、ただ恥ずかしかったからだ。

これまでのおれの稼ぎ方は、目立たないで済んでいた。テレホンカードは小さいし、電化製品は一つだけ中古品屋に持って行っても千円ぐらいにはなるわけで、そんなに量を拾う必要は無い。でも、アルミ缶ってやつは拾っても拾っても稼ぎにならない。ちゃんとこれまで通り稼ぐには、信じられないぐらいのアルミ缶の量が必要になってくる。

自転車の後ろにでっかい袋を下げて走っている缶拾いのオヤジたちを見ていて、汚いし、カッコワルいし、恥ずかしいし、おれには無理だ。周りの人間は、あーホームレスが空き缶拾ってるよ、なにやってんだよ、というような顔つきをしてやがる。

ゴミは人と関わらないで拾いたい。ささっと、見てないところで拾いたかった。

だが、そんなこと言っていたらおれは食って行けなくなる。ここは腹を括《くく》り、アルミ缶拾いをはじめるしかなかった。

朝六時起床。マーコが作ってくれた朝飯を食べ、モチヅキさんに貰った大きな一二〇リットルのビニール袋を自転車の籠に積んで、白い息を吐きながら出発した。

一週間かけて作った自分専用のアルミ缶拾いマップに沿って行く。

一ヶ所目は順調に拾えた。そこで、自分を盛り立てて二軒目へ移動。そこで結んでいた袋を開けて空き缶を拾っていると、横からゴミを捨てに来たご婦人とばったり会ってしまった。

おれは、なにをしていいか分からずに、とりあえず一礼をして、止めるわけにもいかないので続けていた。

「あなたは、なにをしているのですか？　ゴミなんか拾って。税金も払っていない人なのに、なんて図々しい……」

と言われたのだ。

おれは怒りを抱いたが、それ以上に悲しかった。こんなに悲しいことは無かった。意気消沈し、そこで拾ったゴミを全部戻し、そのまま収穫袋はすっからかんで家に帰った。

なんだよ、アルミ缶拾い。こんなに恥ずかしくて、悲しい仕事はないよ。本当に。おれは初めて路上で生きるのが嫌になった。路上生活を止めたいと思った。

いつも使っている隅田公園の公衆便所にとぼとぼ行くと、張り紙が貼ってある。

『最近、公衆便所の水を無断で大量に持ち帰っている者がいることが発覚しました。そのため、公衆便所の使用時間を午前八時から午後七時までと制限します。これまで普通に利用していた方には大変ご迷惑をおかけしますがご了承下さい。尚、そういう者を発見しましたならば、建設省へご一報下さい』

一体なにがやりたいんだよ。無断って。じゃあおれらは水も飲まずに死ねっていうのかい？　もう怒りの気持ちすら薄れ、ただおれは疲れきって家に戻った。

もう、嫌だ。止めたい。

黙って酒を飲んで寝た。

マーコは黙りこくっていた。

おれはなかなか眠れなかった。目を瞑って、ただ布団に潜った。

マーコはずっと黙っていた。そしてバッグを持ったかと思うと、靴を履き出した。

トイレだろう。おれはそう思い、寝たフリをして過ごした。

あいつも、あの張り紙を見て落ち込めばいい。ヤケクソになっていたおれは、公園の公衆便所を使わなくてはいけない自分たちの境遇を恨んだ。くそ食らえ。バカ野郎。

幼稚な怒りは決しておれを眠らせてくれなかった。ただ目を瞑って布団に潜った。

しかし、なかなかマーコは帰って来ない。次第に眠れなかったおれは不貞腐れるのに疲れたのか、深い眠りに落ちていた。

「ガチャン」

と金属音が鳴り、おれは目を覚ました。

なんの音だ？　おれは布団から抜け出し、スリッパを履いて外に出た。

外はもう真っ暗だった。目の前には、マーコが立っている。

「マーコ、お前どこ行ってたんだよ」

と、おれが聞くとマーコはいつも通り黙っている。

おれはさっきの金属音のことを思い出し、

「さっきのは、なんの音だよ」

と聞いた。するとマーコは黙ったまままある物体を指差した。

そこには、潰れた空き缶の入った小さなビニール袋が、二袋分ごろっとコンクリートの地面の上に転がっていた。

「お前が拾ってきたのか？」

マーコはまた黙って頷いた。

おれはその瞬間、ぱあっとなにかが開いた。

なにを恥ずかしがっていたんだろう。しかも、なんでマーコに気付かされてんだ。おれは逆にそんな自分が恥ずかしくなって、マーコに謝った。

「いいよ。とーちゃん」

と言って、マーコはうれしそうに部屋の中に入って行った。

おれが外でぼーっとしていると、

「とーちゃん」

とおれを呼んでいる。おれはスリッパを脱いで家の中に戻った。

マーコは楽しそうに、おれをダイニングテーブルにしている赤ちゃん用のお絵描きテーブルの前に座らせた。そして、鼻をすすりながら、マーコは買物袋から白い小さな紙箱を取り出した。

「なんだよ、これ」

「開けてみて」

マーコがそう言うので開けると、中にはショートケーキが一つだけ入っていた。

「お誕生日、おめでとう」

これまで見たことないほどマーコはうれしそうだった。

今日は一二月二四日。世間はクリスマス・イヴ。おれにとってはそんなの関係ないのだけれど、なんと今日はおれの誕生日なのだ。

涙が出てきたよ。ただただ、ぼろぼろと。

おれは、初めてマーコに接吻《せっぷん》をした。マーコは訳も分からず驚いていた。

おれは明日からアルミ缶拾いを再開することを誓った。


次の日から自転車に乗って、今まで考えてきた頭脳派アルミ缶拾いを再開した。

マーコも、昨日の仕事でなにかを感じたらしく、やらなくていいと言うのに、朝から同じ時間に出発した。あいつは歩いて出かけた。

もう、恥ずかしがるのを止め、自信を持ってやることにした。おれにはこれしか無い。

これで生活してるんだ。これに誇りを持てなくてどうするよ。

自信に溢れると、人が変な目で見ているようには感じられなかった。ただそういうのは常に、自分の価値観でしかないのである。

おれは、日々続けるうちに大分コツというものを感じ取っていった。おれはもう二度と嫌になることなく、缶拾いに大いに生き甲斐を持って取り組むようになった。気分はアルミ缶拾い会社の社長だった。

年末はクリスマスと忘年会で、麦酒《ビール》缶を飲む人がたくさんいてくれたようで、空き缶はいい具合に集まった。

さすがに、大晦日は休むことにした。マーコは餅を買って来て、夜になると雑煮を作っていた。

そうやって、気が付くと、テレビの中では二一世紀になっていた。

*

二〇〇一年正月。

雑煮を食べながら新年を迎えるってのは、やっぱり路上に住んでいても気持ちいいもんだ。さらに、稼ぎブチに不安を感じていたおれとマーコは、空き缶拾いに新しい、イイ感触を得ていたので、雑煮の味はまた格別だった。

年が明けても、おれらの勢いは留まるところを知らず、おれは空き缶拾いこそおれの適職だと徐々に気付いていった。

ある日、おれが自転車に乗ってアルミ缶を拾っていたら、たまたま目の前の家の奥さんが出て来て、アルミ缶を捨てようとしていた。

おれは、目が合ったので挨拶をした。

「おはようございます」

「おはよう。ごくろうさんです。あなたは毎週来るわね」

奥さんは躊躇せず話しかけてきた。

「はい、そうです。私はこのアルミ缶によって生計を立てています。これが私の仕事です」

「へえー、すごいわね。で、こんなんでお金が稼げるもんなの？」

「月に二万円ぐらいですかね。それで路上に住んでいる私には十分なのです」

とおれは正直に言った。

すると、彼女はさらに興味津々に次から次へと質問をはじめた。

おれはすべて真面目に答えた。名前を名乗り、マーコのことも、隅田川に住んでいることも、この仕事だけで食べていることも。

彼女はふんふんと頷きながら、話を聞いている。そしてこう言った。

「じゃあ、毎週、わたしはゴミ置き場に出さずに、自宅の納戸《なんど》に入れておくから。勝手に入ってそこから持って行きなさいよ。うちのアルミ缶は硯木さん専用ってことにするわ」

と言い、手に持っていたアルミ缶をおれに手渡した。

「うちの主人、麦酒《ビール》を浴びるように飲むから、アルミ缶は本当にたくさんあるわよ。どんどん納戸に置いとくわね」

そう言うと、じゃあね、と家に戻って行った。

なんと、奥さんとアルミ缶を貰う契約をしてしまったのである。

なるほど、この手があったか。

おれはいつの間にか、有能な営業マンのように交渉が上達していた。さらにアルミ缶を手に入れるには、ただむやみに拾い集めるのではなく、大口のところときちんと契約を結んでいく必要があると考えた。

今後アルミ缶の値段は跳ね上がりそうな勢いである。ということは、そのうち朝のゴミ置き場にはたくさん拾う人間が集まり、奪い合いになることだろう。そんなところで競争をしていても、草臥れるだけだ。そんな競争率の高い世界とは別の次元にいればなんの問題も無い。契約は非常に大きな力を持つはずだ。

そうして、おれはゴミ置き場よりもむしろ、ゴミを出す人が何時頃家から出て来るのかを調べ出した。そして驚かさないように声をかけて、契約を申し込んだ。

中には、ちょっと近寄らないでよ、なんてヒステリーを起こすマダムもいることにはいたが、大半は理解を示してくれ、契約することに成功していった。

さらにアルミの単価も上がったため、稼ぎはぐんと伸び出し、ついには月に四万円ほど稼げるようになっていったのである。

アルミ缶は東京に溢れていた。日本人よ、よくもこんなに麦酒《ビール》を飲むな。それと缶珈琲も。

でも缶珈琲はアルミじゃない。鉄なのよ。なんでかというと、缶珈琲の中には砂糖が尋常じゃないくらい入ってるらしく、そのためアルミだと金属が溶けて混ざる恐れがあるのだという。それで、溶けにくい鉄にしてるんだそうだ。

これも、モチヅキさんから教えてもらったことだ。もしも缶珈琲がアルミで作られたら、おれは今の倍は稼いでいるということになるよ。

とにかく、おれは我武者羅《がむしゃら》に集めることを一切しないで、とにかく契約。自分だけが貰える場所をひたすら見つけることだけに神経を集中させていた。

契約者の中には、おれのために麦酒《ビール》飲んでいるよと言う人もいた。一つ一つの家庭から貰える麦酒《ビール》の缶数もだんだん増えてきた。

そんな人たちはどんな思いでおれと約束してくれているんだろう？　あの箱根駅伝の沿道で旗を振っている人のようにおれには感じる。

そして、さらに大口のお客様を見つけることに奔走《ほんそう》した。それはつまり、個人住宅ではなく、お店や、集合住宅系である。しかし、それはなかなか難しい。なんといっても集団で利用しているものであるため、一人の意見ではどうにもならないところがある。

どうしようかと方法を考えたが、まあ結局体当たりしてみるしかないわけで。おれは自転車でアルミ缶を見つけながら、常にどこかにターゲットはないものか、獲物を捕らえる目で観察していた。

そして、ついに見つけた。そこはホテル『赤い薔薇』というラブホテルだった。しかも『赤い薔薇』というホテルは、浅草周辺にパート1からパート3まで三軒建っている。ということは一軒、契約を獲得することが出来ればすべてのホテルから手に入れることが可能になるのではないか、と考えたわけだ。

ホテルなんて、他の同業者は見にも行っていない。しかしおれは、駐車場前にあるビニール製の暖簾風目隠しの下から覗いてみた時、たくさんの空き缶が溜め込まれているのを発見した。これは行くしかない。

そこでホテルの掃除のオバちゃんが空き缶を持って出て来る瞬間の時間を研究し、まずはオバちゃんから交渉してみることにした。

ビニールの暖簾の下から顔を出して、

「すいませーん」

とおれは叫んだ。オバちゃんはびっくりして、そそくさ逃げようとするから、

「その空き缶を私に下さい」

と単刀直入にまた叫んだ。するとオバちゃんはおれのところに歩いて来た。

「……どうなさったの？」

「いや、私は硯木という者でして、隅田川沿いの小屋に住んでいるんですが、空き缶を拾って、それを換金することによって、収入を得ているんです。出来ることならあなたが今、手に持っているその空き缶の塊を私に譲ってもらうというわけにはいきませんか？」

「えっ、あなたはホームレスなんですか。全然そうは見えないけど」

「そうです。とはいっても、結構いい家を自分で作って住んでますけど」

「へえー、面白いわねえ。あっ、ごめんね。あなたは大変かもしれないのに」

「いえいえ、トンでもございません。とても楽しい毎日です。しかし、空き缶だけが必要なんです。これが私の生命線」

「なるほどね」

このオバちゃん、かなり食い付きがいい。これは非常にいい展開である。

「じゃあ、ちょっと待っててね。社長に許可貰ってくるから」

えっ、それはマズいかもしれないよ、オバちゃん。いつも直接会った人なら上手くいくけど、こういう風に間接的に話が回っていくと、大体、誰だそいつは、とかなっちまって……。終いには、ごめんね社長の許可が下りなくて、となりがちだ。

おれは、手を伸ばし、

「ちょっとオバちゃん!!」

と言ったが遅かった。オバちゃんは建物の中に入ると、すぐにすごい強面《こわもて》の男を連れて戻って来た。

「ちょっとちょっと、あなた、こちら社長です」

「社長のイズミだけど」

「はじめまして、硯木正一です」

「で、話によると、あんたはうちのアルミ缶を毎週欲しいらしいね」

ああ、怖い。もうお断りして、とっとと帰ろう。

「いや、あの……、駄目なら……」

となにを言っていいのか分からないでいると、

「すごいじゃないかあんた！ なに？ このアルミ缶だけで生活してんのかい？」

あれっ？ 意外な展開だ。だから調子に乗っちゃったよ。

「そうです。昔はテレホンカードや電化製品なんかもしっかり売れたんですけど、今は金属の値段が上がってきて、アルミ缶拾いが一番効率よく稼げます」

ふむふむ、と社長は納得している。

「いやあ、あんたみたいなヘコタレない生き方は見ていて気持ちがいいね。なんかおれは惹《ひ》かれちゃったよ。その話を聞いて」

「ありがとうございます」

「ここのアルミ缶だけと言わず、おれんとこは、他にもパート2、パート3ってあるから」

「もちろん、知ってます」

「いいねえ、その隙の無いチェックがまた。さらにだ、うちには、『赤い薔薇』系列の別名のホテルも二つあるのよ。『DO』というのと、『MORE』ってとこ」

「イイ名前ですね」

「だろ、全部おれが付けたんだよ。だから、そこのホテルの空き缶も硯木専用にしておくように店長に言っておくから」

「本当にいいんですか？　そんなに」

「しかーし、一つ条件をつけていいか？」

と社長は言ってきた。大丈夫か？　一応、用心しながらおれは頷いたよ。また、ちょっと怖くなってきた。

「もしも、おれが駄目になって、会社全部潰しちまった時には、おれに路上で生きる方法を手取り足取り教えてくれよ、な」

「も、もちろんです！」

社長、あんたはエラい。なんで、こんなに心が広いんだよ。おれはまたまたグラッときたね。

なんだい、なんだい。東京はちっともつまんない都市じゃないよ。コンクリートで埋められてるけど、人間はしっかりしてるよ。

おれは興奮して、社長に貰った大量のアルミ缶を自転車の荷台にしっかりゴム紐で結び、隅田川へ戻った。

ホテルと契約を結べたのは大きかった。その月は五万円を獲得し、過去最高金額となった。

おれはうれしくて、ラジカセに千昌夫のカラオケ集を入れ、マイク無しで熱唱した。横ではマーコも酔っ払って、香西かおりのカラオケを、自分が持っている小さなウォークマンに入れ、下向きで熱唱していた。

いつもそうだが、なんでマーコはおれが歌ってんのに、それに合わせて他の歌を歌っちゃうんだよ？　信じられない行動だが、一応それがマーコのうれしさの表現だったんだろう。

マーコは渡した金をまたもや残らず使い切り、スーパーですべて食材と酒に変えてきやがった。

「なあ、マーコ」

「なあに、とーちゃん」

「お前さ、なんでいつも全部使い切るの？　たまには貯金とかしないのかよ」

「貯金ってなに？」

「少しは、お金を貯めておくんだよ。そしたら、困った時に使えるだろ」

「でも、ご飯をいっぱい、食べないと元気無くなっちゃって、病気になっちゃうよ。貯めるぐらいだったら、食べた方が楽しいし、元気になるよ」

とマーコは言った。

おれは話を聞いているうちにこの考え方は真っ当だなと感じた。マーコは本当にバカなのか天才なのか分からん時がある。

しかし今回おれは納得した。貯めてるぐらいだったら食べた方が楽しいから元気になるよ、か。イイ考えじゃないか。

こうなったら、おれがとにかく稼いでやるよ。お前は、どんどんお金を使い切れよ、この野郎。

このマーコの考えは、おれの仕事の気力を高める要因となっていた。大昔の狩猟民族は、冷蔵庫なんか無いんだから、保存することが出来なかったはずだ。それと同じか。

おれが比べる対象も、随分とこの世とかけ離れたものとなってしまったものだ。

マーコは香西かおりを今度は床に頭を着けて、完全に入り込んで歌っていた。おれも負けずにボリュームを最大にして、千昌夫を歌い出した。

*

集めたアルミ缶を回収するために、業者はおれの家までやって来る。

おれは一週間に一〇〇キロほど集めるため、回収業者もここまでわざわざ来る甲斐があるらしい。しかもその回収業者は日本人じゃなく、ブラジル人のホセというやつだ。ホセは流暢《りゅうちょう》な日本語を話す。

アルミ缶だけじゃなく、おれが使い切った空のバッテリーも一個五〇円で買い取るし、電化製品も同様。要するになんでも買取屋だ。

ここは日本なのに一人で会社を興して頑張っている。普通の日本の業者なんて全く相手にしてくれないから、おれらは助かっている。

毎週二回、回収の日はいろんな人間がおれのところにアルミ缶を持って集まって来る。おれの家が換金場所になっているのだ。

ホセはいつもギター片手に陽気だ。おれらも暇だしホセも陽気だから、すぐ宴会になる。

こいつ、いいやつだが、たまに量りの天秤に細工したりする時があるから、ちゃんと油断せずに見ておかないとならない。しかし指摘すると素直に謝ってきて、それで終わり。まあラテンのノリはおれは嫌いじゃない。

そう、浅草では毎年、八月にサンバカーニバルっちゅうのが開催されているが、その時なんか大変なことが起きたことがあった。


ホセはいつもと同じ車に乗って来たが、よく見るとなにかおかしい。いや、随分とおかしい。トラックの後ろの荷台になにか乗っている。……人だ。

しかし、その人間たちはこの世のものと思えない格好をして、頭からは触覚のようなものが飛び出し、さらに腰を振りながら踊っている。ブラジルの女たちだった。

ホセは体を揺らしながらハンドルを叩いている。ボロボロのステレオからは割れた音で、ドラムの音が鳴り響いている。

「スーさん、ほら、サンバ、サンバだよ！」

「なんだよ、サンバって」

「後ろ、見てよ、踊っているレディを。セクシーでしょ。さあスーさんも踊って踊って」

興奮したハシモトは我れ先に飛び乗り、荷台でお尻をフリフリしている女たちと一緒に踊り出した。

クロは荷台には恥ずかしくて乗れないらしいが、車の横で一人でドラムにあわせて踊り出した。

サチコはハシモトが女たちと踊っているのを見て憤慨し、自分も荷台の上に乗って対抗心むき出しで踊り出したが、終いには笑いながらみんなと踊っていた。

もう、こうなったらおれも踊るしかない。マーコも一緒に荷台に乗って踊り出した。

ホセはステレオのボリュームを最大にし、運転席の屋根に飛び乗り、踊り出した。

そうしてサンバカーニバル隅田川篇がスタートした。

みんな、アルミ缶を打楽器代わりに叩き、大変な騒ぎになってきた。

遠くの方では、公式のサンバカーニバル一団が道路を踊り練り歩いているのが見える。

しかしこちら側は無秩序で、まるでサンバの本場、ブラジルのリオ状態である。

「いいねえ！　スーさんたち」

とホセは興奮している。

「ウン、パパ、ウン、パパッ」

マーコはなにかが取り憑《つ》いてしまったのかと思われるような踊りを披露している。

ブラジルの女たちはマーコを自分たちの中心に連れて来て、マーコを際立たせるように踊り出す。ついには、一人が頭につけていたピンク色の触覚をマーコの頭に被せた。カーニバル。ホセはノリに乗って、車をゆっくり動かしはじめた。まさにカーニバルだった。換金どころじゃない。

他の人間もなにが起こっているのか分からずに、しかし、一様に踊り出し、大変な騒ぎになった。

その日の換金率は普段の一・五倍だった。

「ホセ、大丈夫か？　こんなに奮発しちゃって」

「うん、いいよ、スーさんたち、踊ってくれたから」

その後はもちろん宴会がはじまった。ホセも、さらには、カーニバル姿のブラジル女三人もしっかりと参加した。

彼女たちは、ここにいると故郷のサンパウロを思い出すと、懐かしんでいた。ホセもここへ来ると落ち着くから、おれらの缶を回収しに来てくれていたそうだ。

深夜になると、おれの家の中は、ホセ、マーコ、ブラジル女たちがカーニバル姿のままギュウギュウ詰めで寝ていた。きらきらと色がちりばめられた空間になっていた。


次の日、ホセはおれの家を出る時、不思議なことを教えてくれた。

「スーさん、この辺の家で、変な、家、あったよ」

「どこに？」

「このままズーッとまっすぐ、川を歩いていくとあるよ」

「ふーん、なにが変なのかい？」

「オレが欲しいものがいっぱいあるよ」

「ふーん……」

「チョウメイさんっていうよ、その人」

ホセが変というのも気になるので、クロとハシモトと三人で行ってみることにした。

ホセに言われた通りに、ずっと上流の方へ向って歩いてみた。

「結構、たくさん家が並び出したね」

とクロはビックリしている。

おれらが住みはじめた頃はまだ一軒も建っていなかった。ある場所が許可されると、周りから瞬時に路上生活者が集まって来る。ここのエリアはテレビなんか比べもんにならないぐらいの情報伝達能力が発達しているのだ。しかし、チョウメイさんのことは誰も知らなかった。

ハシモトは面倒臭そうに欠伸《あくび》をしながら付いて来ていた。

「そんな、変な人を探して、噛み付かれでもしたらどうするんですか？」

「バカやろー。なんか、おれは感じるのよね。ぷんぷんするのよ」

ただただ直感が働いていた。

次第に、家がまばらになってきた。まだ上流か。

そして、しばらく歩いて行くと遊歩道の行き止まりが見えてきた。ちょうどそこに一軒の家が建っている。これがそうなのか？

その家は恐ろしいほどシンプルで、生活感を感じさせない。なんだか、建て売り住宅のような雰囲気だ。飾り気もない。三角屋根で、コンパクトな箱に、ブルーシートがかけられているだけであった。

「なんすかこれ、なんも面白くもない家じゃないですか。行きましょ、行きましょ」

と言って帰ろうとするハシモトを、おれは止めた。

「おいおい、ちょっと待てよ。あの屋根の上に載っかっているものを見ろよ」

「あれ、なんだ？」

そうやっておれらが見たものは、なんとソーラーパネルだった。

ソーラー？　ということは、つまりは太陽の光で自家発電してるってことなのか!?

シンプルな家の屋根に設置されているソーラーパネルは太陽の光を反射し眩しく輝いている。

「あれは、どういうこと？」

とクロが尋ねる。

「だから、あれだろ。おれらがガソリンスタンドで貰って来ている電気をこの人は太陽の光でもって、賄《まかな》っているってことじゃないの？」

「すごい！　あれやりましたよ、おれ。中学校で教えている時に理科の実験で。意外にも発電出来るんすよ。あんなにちっちゃくても」

とハシモトも昔の記憶を思い出し興奮している。

おれらは訪ねてみることにした。

家に近づいて行くと、玄関の真ん中に丸窓が取り付けられていて、まるで潜水艦のようだ。

おれは声をかけてみた。

「すいませーん」

しばらくすると、中から男の声が静かに聞こえて来た。

「なんの用だい」

「いや、同じく路上に住んでいるもんなんですが、ソーラーパネルについて話を伺いたいと思いまして」

「そうかい、ちょっと待ってな」

というと、丸窓が開き、男は産まれ出るように現れた。そしてソーラーパネルの角度をちょこっと変えた。

彼は大きい牛乳瓶の底のような厚みのある眼鏡をかけている。ソーラーパネルという最新機器と、それを手動で動かしている妙な眼鏡オヤジ。まるで眼鏡猿だ。

彼のようすにおれらは度肝を抜かれた。

「えっ？　手で動かすんですか？」

「手が一番いいだろ。この器用な指先ちゃんは金もかからんし、微妙な塩梅《あんばい》も大得意だしな」

「なるほど」

「おれはこのソーラーパネルを太陽の動きに合わせて、こうやって毎日動かし続けておるわけよ。忙しい、忙しい」

と言うと、彼は家の中の椅子に座った。

家の中は、外のシンプルさとは裏腹に、無数のライト、テレビ、ラジオ、よく訳の分からん電飾、電気配線が壁を伝って縦横無尽に線を描き、スピーカーからは何種類かの音が鳴り響いていた。

座っている椅子は、飛行機のリクライニングシートのようだ。ゆったりと後ろに倒されている。

このリクライニングシート、エコノミーじゃない。見たこともないほどフカフカである。ファーストクラスの座席がなぜここにある？

頭にはヘッドフォンを嵌めて、耳を塞いでいる。さらに、口にはそのヘッドフォンから伸びているマイクがセットされている。そして、膝の上には、なんと、コンピューターを乗せているのだ。

こんなことがあっていいのだろうか!? おれらは訳が分からなくなり、とりあえず、丸窓を閉めた。

「スーさん、一体なんなんすか、今の!!」

ハシモトは泡を吹かんとしている。

「パソコン持ってたよね！」

とクロも事の重大さに気付いたようだ。

これか、ホセが欲しいものって。でもなんで、あんな電化製品を使うことが出来るのか？　おれも訳が分からなくなっていたが、気を取り直してもう一度開けてみることにした。

「し、失礼しまーす」

「どうぞ」

……やはり外と中のギャップがありすぎる。

「チョウメイさんですか？」

「そうですよ」

「これ全部、太陽光によって発電して動かしてるんですか？」

「そうですよ。これを八個のバッテリーに蓄電していくんだよ。簡単、簡単」

「なるほど。おれたちもテレビ持っているんで、それは理解出来るんですが、そのコンピューターが全く理解できません。お手上げです。それどうしたんですか？」

「私、ここに来るまで、パソコンを作る仕事をやっていたんです、工場でね。リストラに遭いましてね。それでお金が無くなったんで、ここに住み出したんですが、パソコンなんて秋葉原でジャンク品を買って来て、私は直せるんでね。それで作ったわけですよ。ゴミを集めたりして。テレビよりも消費しないですからね。逆に使いやすいですよ、パソコンは」

おれらは、ぽかーんとしていた。

チョウメイさんは追い討ちをかける。

「これで、家の温度、湿度、蓄電しているバッテリーの残り電気量なんかをすべて統括出来るわけですよ」

「そんなことやってるんですか⁉」

とハシモト。

「あのー、どうやって生活してるんですか？」

とおれは聞いた。

「このパソコンっていうのは、インターネットで世界中の人と電波を通じて繋がることが出来るんですよ。無線ってあるでしょ、そんな感じでインターネットも無線で出来るんですよ。ちょうど、この家の横にある図書館、そこは無線でインターネットが出来るもんだから、試してみたらこの家が建っている場所だけ使えることが分かったんですよ。だから、ここに建てたってわけです。それで、インターネットを使って稼いでます」

おれはチンプンカンプンだった。しかしそれで、チョウメイさんは月に二万円ぐらい稼いでいるんだそうだ。

図書館の無線を使っているので、もちろん無料だし、世界中の人とそのパソコンを使って連絡を取っているらしい。

「それとね、この家はですね、実は船になるように設計されているんです」

「……はあ？」

もうなんのことか分からない。おれらは思考停止状態に突入した。

「ですから、隅田川が氾濫《はんらん》した時のために、家がそのまま船になるように設計しているわけです」

すると、チョウメイさんは奥の引き出しから一枚のマンションの広告紙を取り出した。裏には設計図が描かれていた。

「ですから、この家の土台は空洞になっており、水位が上がってきた時にちょうどここに入り込むようになっているんです。で、これがボートで言えば空気が入ったような状態と同じ原理になりまして、家が浮くというわけです」

船になる家……。

いやはや、すごい人がいるもんだ。

しかし、おれはなにか知らんがさらに隅田川での生活への自信がついた。人間どうやってでも生きて行けるわけである。逆にここはそれが実現出来る場所なのかもしれない。

11

二〇〇四年、夏。

時が経つのは、早い。おれは路上生活をはじめてもう五年が経っていた。

今年も恒例の隅田川花火大会の季節がやって来た。おれらにとっては一番の収穫の時期。

おれは今年こそ、巨大ブルーシートが欲しいと思っていた。これまでは小さいブルーシートを繋げて使っていたが、最近もっと大きなサイズが発売されたらしいのだ。それを今年の花火大会で誰かが使い、そのまま放置して行くだろうという噂が隅田川界隈では流れていた。

しかしこの時期、おれらにとって非常に面倒臭いことも待ち受けている。

隅田川沿岸で花火師たちが作業をするというので、大会までの一週間、堤防裏の隅田公園内の植栽の中に作られた特設会場に仮小屋を造って生活しなければならないのだ。その特設会場は一人一人に割り当てられた空間が小さすぎるので、普段のような家を建てることは出来ず、持っている材料を使って、ミニ版の家を造らなければならない。

面倒臭いが、仕方がない。しかも、隅田公園の中の通路は人々が場所取りをするため、あんまり目立たないように造るようにと、建設省から指示されている。そのため、おれらは植栽の中に隠れるようにそれぞれ仮小屋を建てて、一週間潜むのだ。スパイじゃあるまいし。

しかしその仮小屋から観る花火は絶景なのである。人々に邪魔されずに綺麗に花火を観ることが出来る。

今年も、しっかり鑑賞し、帰路を急ぐ大観衆が消え去った。そうしておれたちの本当のメインイベントが訪れる。

植栽から飛び出し、ずっと目を付けていた一〇メートル×一〇メートルのブルーシートのところへ行き、すぐさま綺麗に折り畳んで持ち去る。

マーコと一緒に、クロに借りたリアカーに家財道具を全部積んで、リアカーを引きながら階段を用心して下りる。そしてまたいつもの定位置に家を組み立てた。

その時だ。

ドン！　という大きな音が聞こえた。

うちではない。隣だ。

「誰だコノヤロー！」

というハシモトの声がした。

マーコはオロオロしている。

おれは外へ出た。

ハシモトとサチコが住んでいるおれが造った家は、屋根が家の中にまで落ちていた。ハシモトは寝っ転がっているサチコを引っぱり出していた。暗くてはっきり見えない。

「ハシモトー！」

「あっ、スーさん！　急に上からデッカいモノが落ちてきたんですよ」

「はっ？　どういうことよ。おい、サチコ、大丈夫か？」

するとサチコは、

「うん、頭打っちゃったけど、どうにか」

天井に架けていた木材にぶつけて、頭から血を流していたが意識はあるようだ。

屋根が綺麗に床に落ちているような状態になっている。そして家の中になぜか自転車があった。

「おい、ハシモト、これか？」

とおれは自転車に手をつけた。

「誰だ？　こんなものを投げた人間は」

おれはサチコをおれの家に連れて行き、マーコに手当てをさせた。サチコは一応大丈夫そうだ。

おれはクロのところへ行った。

クロとリーの野郎はこの大惨事ってのにぐっすり熟睡してやがる。

リー、お前学校はどうした？　なんでいっつもクロといるんだ？　とにかく、おれは叩き起こした。

ハシモトの話によると、天井が落ちてきた瞬間、人の声が聞こえたそうだ。おそらく、誰かがイタズラで自転車を堤防の上から投げたんだろう。一歩間違えたら死ぬぞ。

おれはテレビで最近問題になっているホームレス殺害事件のことを思い浮かべた。

「すまんな、ハシモト。上からの衝撃なんか予想もしてなかったから屋根は弱く造ってあんのよ」

「なに言ってるんです、スーさん。そりゃ当たり前ですよ。しかし、ムカつくな。このまじゃ済ませませんよ」

「どうせ、また来るぞ。取っ捕まえてやる！」

とおれは言った。

すると、向うの方で、また声がする。おれとハシモトと二人で現場へ向うと、そこは火の海だった。ブルーシートが燃えて異様なにおいを発している。仲間が水を汲んで来て、消火活動の真っ最中だった。

「こっちも、やられたのか？」

「えっ、お宅らもやられたのかい？」

「自転車を投げ込まれた……」

「ひでえもんだ……。こっちは、ロケット花火だよ。おかげで全焼だよ……」

「怪我は？」

「寝ていたからね、ちょっと気付くのが遅れて……、やけどしたけど大丈夫だ」

なんだか物騒な世の中になってきたな。

まあ、分からんでもない。こうやって、のうのうと川沿いで暮らしているのが、どうせ気に食わないんだろう。しかし、それにしてもやり方が酷《ひど》い。

おれたちは集会を開くことにした。

モチヅキさんを中心にして、おれ、クロ、ハシモト、ゲン、サチコ、他にも周辺に住んでいる人間がおれの家へ集まってくれた。マーコも一応奥でボソボソなにか言いながらも話を聞いている。

「二〇〇二年二月、京都府で河川敷の路上生活者に中学生が石を投げ怪我をさせる。八月、東京都新宿《しんじゅく》区の公園で路上生活者が少年八人に襲われ全治三ヶ月の重傷。

二〇〇三年四月、東京都荒川河川敷で無職少年六人がナイフで脅し、現金五千円を路上生活者から盗んだあげく、暴行を加えた。

二〇〇三年一〇月、高校生五人がロケット花火などを使い路上生活者の家を全焼させる」

と、ゲンが図書館で集めてきたホームレス襲撃事件の資料を読んだ。

「ひどい」

とハシモトが吠える。

「だけど、路上生活者が起こしている窃盗事件なんかもあったりして、警察としてもそこまで真剣に路上生活者襲撃事件に取り組みにくい状態でもありそうだね」

とモチヅキさんは冷静な判断をした。

「すると、やっぱりおれらでどうにか犯人を捕まえるしかなさそうですかね」

とおれが言うと、モチヅキさんは頷いた。

夜は全員で、今回やられた時間帯に木陰に隠れて待ち伏せをすることにした。自分の身は自分で守らないと、路上では生きて行けないのだ。

とにかくおれは自分の家と、ハシモトとクロの家の天井を、もっと強い木材で補強することにした。

「あのさ、おれ、白いビニールシート持ってるんだけど、これ見てみてよスーさん」

クロが持っていたのは、耐火シートだった。クロは役に立たんが、やつの倉庫は本当に役に立つ。

その大きな耐火シートは、三人の家の屋根をカバーするのに十分な大きさで、おれら三人はとりあえず、リベンジに向けて万全の態勢を整えたわけだ。


一ヶ月が経った頃、木の影から覗いていると自転車に乗った人の姿が複数現れた。そしてちょうどおれらの家の真上に位置する場所で止まった。

おいおい、本当に来やがったよ。

すると、すぐにそいつらは手に持っているロケット花火に火を点けた。そしてその燃えはじめたロケット花火をおれらの家の方へ向けた。

途端、おれとハシモトがその人影に向って走り出し、クロは急いで警察に通報しに行った。

驚いたそいつらは、ロケット花火をおれの家ではなく、おれらに向けて放った。

ヒューン！

「このやろー‼」

おれはロケット花火を持っていたやつの首を両手で掴み、絞めた。そして上に持ち上げた。

そいつは軽く宙に浮いた。よく見ると、少年だった。

「おい、お前、絞め殺すぞ」

とおれが言うと、少年はプルプル震え出して、

「……す、すいませんでした……」

と言って泣き出した。

他のやつらは、一斉に逃げ出そうとしたがハシモトが素早く捕まえた。全部で四人いた。

おれは少年の首から手を放した。道に倒れ込み、そいつは吐いていた。

すると、向うから懐中電灯を持った警官二人とクロが走ってやって来た。

その警官のうちの一人は昔、下の遊歩道で家を建てるように教えてくれた人間だった。

警官は丁寧におれに敬礼した。

「ごくろうさんです。お怪我はなかったですか？」

「うん、大丈夫だ。ホントこいつらどうにかしてくれよ」

警官は少年たちに、

「これは立派な犯罪だよ」

と言って、住所、電話番号を聞き出し、親に電話をかけている。全員が泣いていた。

泣くならやるなよ、バカ野郎。

ハシモトは、犯人グループが自分が教えていた学校の生徒だと分かり、ショックで落ち込んでいた。

その後、全員の親が来て警官に事情を説明され、また全員の親が泣いていた。

おれは、ほとほと呆れて警官に、

「別にこいつらを鑑別所に突っ込まなくていいから、二度とここには立ち入らせないようにしてくれ」

と言うと警官は、

「分かりました。今後はこの付近のパトロールを強化します。少年たちを補導し、学校側にきちんと報告しておきます」

とのこと。落ち込んでいるハシモトを連れて下の家に戻った。

クロは警官が帰る時に、また新しい人工盆栽を手渡していた。お前はタフだよ、クロ。

路上で暮らしていると、天災より人災の方がおっかない。しかも相手は大人じゃない。怖いのは少年たちなのだ。これはその後もずっと尾を引いた恐怖だった。

じゃあ、ホントに天災は怖くないのかと言うと、こんなことがあった。しかしそれも天災を元にした人災だったと言える。

あれは台風が来た時だった。

ここ数年でおそらく一番ひどい大雨で、当然のごとく川は氾濫した。多摩川も荒川も。ところが、隅田川は治水がしっかりしてる都市型の川だから、そんなに簡単には氾濫しない。

おれの家はその隅田川沿いの中でも、標高が一番高いところに建てている。そんなの川に住んでたら、水害は当たり前だから、おれは一番はじめに家を建てる時から気にして地面を調べていた。

そうすると、一見真っ平らに見えるこの遊歩道も下手クソな職人が左官仕事をやっているから、斜めになっている。で、それをチェックすると必然的に一番高い場所が分かる。だから、おれの家はこの隅田川界隈では一番最後に沈む。

しかしそれが、その雨の時床下まで水に浸かってしまった。

なんだか、川の動きがおかしい。ギュウっと水位が上がっていった。おれはヤバいと思ったね。

すると、堤防の上から声がする。

「スーさん！　スーさん！」

ナカちゃんの声だ。梯子《はしご》を使って、堤防の上に上がると、ナカちゃんとコバヤシが慌てふためいている。

「スーさん、マズいよ、隅田川の管理局が岩淵《いわぶち》水門開けちゃったもんだから今から大量の水が流れてくるよ。ごめん、避難してくれ！」

隅田川は治水整備がしっかりしているために、ちょっとやそっとでは川は氾濫しないようになっているが、それは水門をしっかり止めているからである。その水門を開けてしまったら、氾濫するのは当たり前だ。なぜ、そんなことをするのか。意図的だとしか思えない。

なにやってんだよ。ホント、国のやつらは‼　それじゃ、川沿いに住んでいる人間、みんな溺れちゃうじゃないかよ。

おれはナカちゃんに向って叫んだ、

「すぐ止めさせないと人が死ぬ！　止めさせろ！」

床上一〇センチのところで水は止まった。本当に危なかった。

次の日。前日の大雨が嘘のように空は青かった。増水し、まるで湖のようになった隅田川の水面は鏡のように光り輝き、空を映している。

なにも無かったかのような無音の風景。何軒か生き残った家が、ちょうど水面上に浮いているかのようだ。

ビニール袋や、ダンボールのゴミが流れている中にカルガモが二羽泳いでいる。

川沿いの公園や道路では、いつもと変わらぬ日常の風景が慌ただしくはじまっていた。

おれは、堤防の上からあまりにも綺麗な隅田川を見ていた。太陽の光は強く、眠気を誘う。

遠くに見える首都高からは、車のエンジン音が小さく聞こえて来て、それがなんとも心地良い。涎を垂らしながら、とろりと川面を眺めていた。

すると、目の前を一層の船がゆっくり通り過ぎる。

ああ、船。いいね、船。かわいい船だ。手作りのような。おれもあんな船にゆったり揺られながら、東京のド真ん中を漂いたいもんだ、いいね。ん？　でもブルーシートだな、あれは。三角屋根でまるで家みたいだな。屋根にはソーラーパネルか……。

ん？　ソーラーパネルとブルーシート……。

おれはぼんやりとした頭をどうにか起こして凝視しようとしたが、目ヤニで見にくい。

それでも目を凝らして、

「チョウメイさーん」

と、おれは大声で呼び手を振った。チョウメイさんは顔を見せて、笑いながらこちらに手を振り返している。

「行ってらっしゃーい」

なぜかおれはそう言っていた。

「またねー」

とチョウメイさんは言った。

隅田川はチョウメイさんの周りだけ、南国の風景に見えた。

水面上には靄《もや》が発生し、チョウメイさんはその中に消えて行った。まるで幻でも見ているような気がした。

ハシモトとクロにチョウメイさんの航海の話をしても、未だに信じようとしない。

そんなひどい水害に遭ったものだから、床板が腐ってしまった。いつ抜けるか分からないといった状態になったので、おれは材料探しに行くことにした。大抵見つかるもので、その日もそうやっていた。

自転車に乗って、床板、床板と呟きながら探していると、大抵見つかるもので、その日もそうやっていた。

もちろんすぐに見つかった。そこはまさに材木屋だった。

材木の端材が焼却炉の前に捨てられている。自分の家に合いそうな廃材がどっさりある。

おれが廃材の近くでうろうろしていると、男が一人現れた。

「なんだい、あんた」

「いや、あの私、隅田川沿いに小屋を建てて暮らしている者で、この廃材を出来ることならば頂きたいと思っているんですが……」

「これが欲しいのかい？」

男は、積んである廃材を指差した。

「あっ、はい。これ無茶苦茶いい木なのに……。ゴミなんですか？」

「誰も買わないからいいけどよ、そんな自転車じゃ積んでいけないだろう？」

「いやいや、何回も行ったり来たりしますんで、大丈夫です」

「そうか。あんた、頑張るねえ。楽しいんかい、川原の生活は」

男はもう七〇ぐらいだろうか、かなりの老年であるように見える。

「一人でやってらっしゃるんですか?」

「ああ、そうだよ。ずっと昔から一人でやってるよ。最近では商売になってないけどね。ここらへんの木材も、いい木なんだよ」

「見りゃ分かりますよ。でも、それ貰っていいんですか?」

「いいよ。だって、もう大分売れずに時間が経ってしまったし。だけどよ、木ってのは時間が経った方が逆にいいんだよ、本当は」

「そうですよ。私も現場にいたから、分かります」

「それが今じゃ、ちょっと黒くなってるからと言って、施主は嫌がるからね。大工も大変そうだよ。みんな綺麗なのが一番と思っている。なにも知らないくせに。だからむしろあんたに貰われた方が木も喜ぶだろうよ。これ使ったら、ホームレスの家なのに何十年も保つよ」

二人で笑った。そして男は
「おいおい、ちょっと待ってろ。いいもん持って来てやっから」

と言って、作業場の中へ走って行った。そして、作業場の裏から男はリアカーを押して来た。

「これ、あげるよ。だから、これに木とついでに自転車も載っけて隅田川まで帰ったらどうだい？」

「えっ、本当にいいんですか？」

「いいのいいの。おれはあんたが気に入ったんだから。持って行けよ。それと、いつでも売れ残ったやつはあげるよ。うちにある木は、きちんと外で寝かせて乾燥させてるから、そんな水に浸かったぐらいじゃ腐んないよ」

おれは遠慮なく、頂くことにした。

おれはいつも思う。東京は一番人間があったかい場所なんじゃねえか？　だけど普段は、なにか仮面が覆っていて、誰にも分からない。おれみたいに、もう終わりだよー、と一度行くところまで行ってしまった人間に対しては、許容範囲広いわけよ。その真ん中がないっていうのかね。もう飛び込んじゃえばいいんだけれど、大体の人はできないからさ。やっちゃった人に対しては、尊敬の念があるのかもしれない。出家した人みたいな扱いを受ける時があるから面白いよ。

そういうわけで、おれはハシモトとクロの家の分も十分にあるほど大量の木材をリアカーに積んで持って帰った。

ハシモトとクロの家もかなり打撃を受けていた。

ハシモトの家は床上三〇センチほど浸かっていて、電化製品なんかも全部駄目になっていた。

クロの家は、全部流されてしまった。しかし、クロ自身は全く打撃を受けておらず、いつものように飄々《ひょうひょう》としていた。

「おい、クロ。お前の家を作るための材料も貰って来たよ」

「スーさん、ありがとね。でも、僕、もう家いらないんだよ」

とクロは謎の発言をした。

「なに言ってんだよ。これから家が無くて、どうするんだよ」

「どうにかなるよ」

やはりクロは太っている。前よりも太っている。

「でも、あれはどうするんだよ、ゴミで作った花瓶はよー」

「最近ちょっと作る気失せてきてたのよ」

「なんだよ、それは。えらく凹《へこ》んでるんじゃないの。どうした？」

「もうね、材料自体が無くなりはじめてたのよ。あの、プラスティックのバンドが命綱だからさ。あれが、今はたくさんの色を作ってないわけ。もう青でも一種類だけになってきたからね。昔は、十何種類もあったってのに」

「で、なんだよ。もう作るの止めたのか？」

と、おれが聞くと、クロは手に持っている買物カートをおれの方に向けた。

「ちょっと、これ見てよ。新作」

買物カートは改造されており、袋ではなく小さなガラス張りの収納箱が取り付けられていて、その中の棚には、本物の植物が植えられていた。たぶん、道端に生えている雑草なんだろう。しかし、なかなかどうしていい線いっているのだ。

「おお、いいじゃねえか。とうとう、お前も本物の植物へと興味を移してきたね」

「うーん、なんて言うか、今は逆に、いい工業製品の方が拾いにくいんだよ」

「お前、なかなか皮肉言うね。でも、そう言われてみればそうだな。おれもいい電化製品なんてここ最近はなかなか手に入れられないもんね」

「そうだよ、最近は本物の植物の方がまたまた勢力を再び取り戻して来ているってわけよ。今現在、三二五個目突破したからね」

「は？　で、また人にあげてんのかい？」

「そうそう、こうやって移動させながらね。気に入った人にあげてるよ」

「まさに、お前のそれは散歩用の庭か。なかなかやるな」

と言うと、クロは手を振って、

「散歩用の庭だけじゃないよ。今、計画してるのはね、散歩用の庭付き一戸建てなんだよ。

このカートに、屋根を付けようと思ってるわけ」

クロはもう訳の分からん領域へ突入していた。

「だから、家は要らないんだよ、ははは」

クロは楽しそうに笑っていた。

そしておれはハシモトの家へ向った。

ハシモトは相変わらず、あの中学生による襲撃事件が丸く治まって以来、落ち込み続けていた。

サチコは、最近いつもうちに来ては、

「スーさん、ホントあの人、もう毎日こんなんじゃ駄目だ駄目だって、下向いてばっかりで。こっちまで落ち込んじゃうわよ。一緒に飲もうよ」

と、入り浸り、酒盛りばっかりしていた。

サチコは最近飲みすぎのような気がする。煙草の量も異常に増えていた。

ハシモトはそんなことは気にせずに、それどころじゃないってようすだった。やはり、自分が教えていた学校の生徒たちに、たまたま偶然ではあるが襲われたのは事実だし。しかも、元は教育熱心な教師だったわけである。

水に浸かって、湿りきった家の中を覗くと、ハシモトが読書をしている。

「おい、ハシモト、お前どうだ。気分は」

するると、ハシモトは少々興奮気味だ。

「どうしたんだよ。おい」

「スーさん、なんと、なんとですね」

「うん、どうした？」

「たった今、あの坊主たちが来たんですよ」

「はっ？　どいつらだよ。坊主って」

「ガキどもですよ。おれらを狙った。自転車投げて、ロケット花火打ち込もうとして現行犯逮捕された、あの子どもらが……」

「また、狙われたのか!?」

しかし、家は特に濡れている以外の変化はない。

「いや、それがスーさん！　そいつら俺の家の玄関をちゃんとトントンって叩いて……」

「おー」

「この間はごめんなさい。昨日の洪水は大丈夫でしたか？　って頭下げて言ったんですよ。いやー、おれ泣きました。こんなことがあるなんて……」

なんだか、ハシモトの中で火が点いたみたいだ。

「で、話をしてたら、とにかくつまんなさそうなんですよ、毎日が。これじゃあ、気楽そうなおれらの家を攻撃するのも分かるような気がしましたよ。だから、おれは自分が影響を受けてきた、あの輝かしい明治の空気を伝えたんすよ。国語とか算数とか社会とか理科とか言ってる場合じゃねえぞ、と。もっと全体的に人間は勉強せねばならん、と」

「ほう、なんかお前、良かったな。ガキどもに落ち込まされ、ガキどもに救われる。やっぱ、お前はガキと一緒にいた方がいいんじゃねえか？」

「でしょ、スーさん。それで、その子らに言ったんですよ。実は、おれは彼らが通っている中学校で教えていたことや、この路上生活を送っている今のことを。そしたら、また明日来まーっス、みたいな感じで帰ったんです。いやー、なんだかはじまっちゃいましたよ、おれの人生が」

　とまあ、落ち込んでいたはずのハシモトは突然覚醒し、意気揚々とこれからの夢とかなんちゃらを語るので、おれの家でまだ酒を飲んでいるサチコを呼び寄せ、ちゃんとお前が話をきいてやれってサチコに後を任せた。

「で、ハシモト。お前、部材たくさんあるけど、どうするのかい？　改築すんのかい？」

「お願いしますよ、スーさん。明日からはあの子らが来るんでね。なんて言うんでしょうか、昔の寺子屋みたいに、長いテーブルとかも作ってもらえないでしょうか？　私設の学校のようなことをやることにしたんですよ。もちろん無料で。いやあ、忙しくなりそうですよ、これから」

サチコは苦笑いしてたが、うれしそうだった。

なにが起ころうとも、この隅田川沿いでは川の流れのようにうまく丸く収まっていく。

おれは、希望に溢れていた。

*

次の日、外は今年一番の快晴だった。気を良くしたおれはマーコとゆっくり外で洗濯でもすることにした。

バケツに水を汲んで、もちろん二人で手洗いだ。外で洗濯すると昔育った家の風景がおれの頭の中に浮かんでくるから大好きなのだ。マーコもやろう、やろうってはしゃいでいる。

おれはまずは公園に水を汲みに行くことにした。

すると、便所の横では妙な工事がはじまっていた。おれは、そこにいた警備員に聞いた。

「なにやってるんですか？」

「今度、この便所の横に新しい便所が建設されるんですよ」

「なんで？」

「無断で大量の水を使用することを防ぐために、鍵が掛けられ、有料化になるようです」

なんでもやるがいい。おれは水を汲んで戻った。

隣のハシモトの家でもサチコが洗濯をしている。ハシモトは今日は、友人のツテで梱包《こんぽう》の仕事かなんかがあるって言っていた。少年たちとの件で、働く気力も起きたみたいである。

おれとマーコは日を浴びながら気持ちよく洗濯をはじめた。

しばらくすると、マーコの顔がいきなり蒼白になった。

「おい、どうしたマーコ」

すると、マーコはただ一言、

「サチコ……」

と言った。

ハシモトの家に背中を向けて洗っていたおれは、くるりと振り向いた。

サチコが洗濯物を持ったまま、コンクリートの地面の上に倒れていた。

おれは急いでサチコのところへ駆け寄り、脈を取った。まだ脈はある。

マーコはもうパニック状態に陥っている。こいつじゃ駄目だ。

「おい、マーコ！　お前は動かなくていいからサチコの横にいろ」

と言うと、おれはまたもう一度さっきの植え替え工事をしている作業員のところへ向った。

「おーい！　すまん、隅田川で人が倒れているから救急車を呼んでくれ!!」

作業員ははじめぽかんとしていたが、やっと意味が分かったのか携帯で一一九に電話をかけた。

十分後、救急車は隅田川の隣のスポーツセンターまで駆けつけ、タンカーを持った救急隊員が三人来た。

早い。まだ間に合うかもしれない。

こんな時にハシモトは仕事へ行っている……。

「それでは、あなたが一緒に付いて来て下さい」

と隊員に言われたので、後部座席に目を閉じたサチコと一緒に乗り込んだ。

すると、

「私も行きます」

駆けつけていたいつもの警官も救急車に乗り込んだ。

救急隊員は近くの病院へ電話をかけ、急患の受け入れ先を探している。

サチコには別の隊員が点滴を打ちはじめた。

おれは警官にサチコが倒れた状況を説明した。

サチコの容態は徐々に悪化している。

「なかなか受け入れてくれる病院が見つかりません……」

救急隊員は焦っている。容態のせいなのか、路上に住んでいるということがネックなのだろうか？

すると、救急隊員は突然、

「こういう場合、受け入れてくれるのは、東大病院しかありません」

と言った。

おれは訳が分からない。とにかくサチコを見ていることしか出来なかった。

サチコに接続している機械からは、サチコの間の空いた脈拍に合わせて、電気音が小さく鳴っている。

電話を終えた救急隊員が振り向き、おれと警官を見て言った。

「東大病院が受け入れてくれましたので、とにかく急いで向います！」

その後、車内は終始無言のまま、救急車は東大病院への道をすり抜けて行った。

サチコの脈拍はだんだんと間隔が開いていく。

救急車が停まり、後部ドアが縦に開くと、四人の医師たちが待ち構えていた。

すぐさま集中治療室へサチコは運ばれて行った。そこにはさらに四人の医師が待っていた。

世間ではホームレスにあたるサチコのために、治療費も払えないサチコのために、医師は準備万端で今か今かと待っていてくれたのだ。

すぐに電気マッサージが施された。しかし、サチコは反応しない。

「あなたは外で待っていて下さい」

と医師に諭《さと》され、おれは外の黒革のベンチに腰掛けて、サチコが運ばれた室内の音だけを聞いていた。

何度か繰り返し規則正しいリズムで大きな音がした。心臓マッサージが繰り返されたようだ。

そして、そのうちなんにも音がしなくなった。

自動ドアが開き、一人の若い医師が出て来た。

「最善の手を尽くしましたが、ご臨終でございます」

おれは訳も分からず、医師に向けて深くお辞儀をしていた。

サチコは死んだ。

ハシモトは仕事中でどこにいるのか誰も分からない。

そのままサチコの遺体は病院内の霊安室に運ばれて行った。

警官は医師から死因を聞いていた。病院側は、気持ちだけでもと、造花を用意してくれた。

おれと警官は二人で線香をあげた。

サチコは誰にも連絡先を伝えていなかった。もちろんそうなると路上生活者の常で、サチコは無縁仏になる。

「後は、こちらに任せて下さい」

と警官に言われ、タクシー代を貰ったおれは、そのまま帰るしかなかった。

おれは歩いて隅田川へと帰った。

家に着くと、ハシモトは視点が定まらずぼーっとしていた。

「スーさん！」

「……サチコは死んだよ……。心臓発作で」

ハシモトはただ項垂《うなだ》れた。

「おれのせいですよ。あいつが死んだのは。俺が毎日毎日人呼んで飲み会ばっかりやっていたから。そのせいで、あいつは死んだん……」

ハシモトは泣き崩れた。マーコは両手で耳と目を塞いでうつむいていた。

「ほれ、これでサチコのとこ行って来い」

とおれは警官から貰った金をハシモトに手渡した。

ハシモトはおれに無言で頭を下げ、急いで駅まで行った。

そして、おれは一人でハシモトの家の改築をはじめた。

明日からガキどもが来るんだろ、バカ野郎……。


その日ハシモトは帰って来なかった。もう駄目なのかと思った。

しかし、朝になるとハシモトはなにやら鉄くずを右手に持って戻って来たのだ。

「スーさん、昨日はありがとうございました。サチコの分まで、おれ頑張ります」

と言うと、ハシモトは朝五時から改装をやっていたおれの手伝いをしはじめた。

昼過ぎになると、ハシモトの家は、材木屋のオヤジが育て上げた最高の材料を使って、雰囲気たっぷりの寺子屋に生まれ変わった。

あいつらが生徒として来るなら、もう、屋根の補強をしなくていい。おれは家の屋根材として使っていた、大きな黒板をハシモトにプレゼントした。

水が流れて、人が死に、すべてが流れて行った。


おれらの生活はまたさらに刷新《さっしん》した。

ハシモトは新しくなった自分の家の玄関に、拾ってきた小さな鉄製の看板を掛けた。そこには、『自転車』と書いてあった。おそらく電柱なんかに付けられていた自転車屋の看板のかけらだろう。

「いや、あの時落ちてきた自転車のおかげでこうなったわけですから、忘れないようにと思いまして。この寺子屋の名前はやはり『自転車』かな、と」

なんだかよく分からんが、キマってるような気もする。拾ってきた物には不思議と説得力がある。そこにいなくてはいけないと思わせる力がある。

すると、自転車を漕ぐ音が聞こえてきた。振り返ると、あのいつもの警官だった。

「ご苦労様でした」

とおれとハシモトは一礼した。

「今回は本当にお気の毒です。私も悲しいです」

そう言うと、警官は自転車の荷台に積んであるバッグから、風呂敷包みの物を取り出した。

おれらは瞬時にそれがサチコだと理解した。

「こんなこと、やっていいのか分かりませんが、そのまま無縁仏に入るのは辛すぎると思いまして、無理を言って持って来てしまいました。受け取って下さい」

と言って、ハシモトに骨壺を手渡した。

「ありがとうございます、ありがとうございます」

ハシモトはひたすら警官の前で頭を下げ続けていた。


そうして『自転車』はオープンした。

その日、夕方五時に来たガキは二人しかいなかった。結局、心入れ替えるなんて口だけだよと、おれは思った。しかし、ハシモトは、

「二人も来てくれた。おれはやるよ」

と意気揚々である。

「ねえ、スーさんも子どもたちになにか教えてくださいよ」

「なにをだよ」

「バッテリーで電化製品をどうやって使うのかとか、家の建て方、金の稼ぎ方、料理の作り方……、スーさんはなんでも一流だからさ」

「嫌だよ、ガキ嫌いだもん」

「くそガキにならないように、今からしっかり仕込むってのが、この『自転車』の目的ですから」

と、ハシモトは今や完全に教師モードである。まあ以前はそうだったわけだから当然と言えば当然である。

マーコが必要ないのに付いて来た。

「おいおい、お前はなんも出来ないだろう」

「出来るよ。香西かおりとかさ、高橋真梨子とか」

なんでカラオケなんだよ。おれは溜息。

寺子屋『自転車』の生徒は、その後も一向に二人だけであった。しかし、ハシモトは諦めずに一生懸命教え続けていた。

警官、魚河岸のカドマッチャン、モチヅキさんも来てくれていた。とにかく、ありったけの路上の人脈をフルに使って、ガキどもに教え続けていった。

学校で教わるようなことなんて、結局はなに一つ教えることは無かったみたいだ。それより家の造り方、工具の使い方、紐の縛り方、ご飯を鍋で炊く方法、金属の換金の仕方、寝袋を使わず野宿するには、など完全にサバイバル教室へと化していた。

そのガキどもはそっちの方がよっぽど面白かったのか、本来の学校を忘れるほど熱中することもあった。

そのうち一人だけ生徒が増えた。生徒たちはハシモトのことを誰も先生とは呼ばなかった。

「ハシモトー。ねえ、なんで学校の先生をやめて川原に住みはじめたの？」

「それはだな。えーと、んー、なんでだっけな。なんでしたっけ？　スーさん」

「お前はバカか」

「っていうか、スーさんはどうして？」

とガキが聞くので、おれは少し躊躇した。

「おれはな、最初財布を盗られてしまったんだが、お前らも知っているモチヅキ仙人に路上で生きて行く術を教えられて、それが面白くって止められなくなっちゃったわけよ」

「分かる、分かる。モチヅキさんは最高に面白いもん」

「モチヅキさんみたいな校長がいればいいのに」

子どもたちはよく分かっているようだ。ハシモトは少し拗《す》ねていた。しかし、すぐに立ち上がり、

「口は悪いけど、お前ら欠席しないし、本当にたいしたもんだよ。この場所は絶対に無くしてはいけない。守っていこう」

ハシモトは志高く『自転車』について熱く語った。

横には、『自転車』がオープンしてから毎日生け替えられている野の花が、風呂敷包みの前で揺れていた。

12

「すみませーん」

　という人の声がした。マーコがまたソワソワしている。

　建設省だ。

　おれは顔を出した。しかし、目の前にいたのはナカちゃんとコバヤシではなかった。見たことのない人間だった。

「誰ですか、あんたたちは」

　とおれは言った。

「あのー、このたびこの地域を管轄する部署が六課から四課に変わることになりましたので、ご挨拶をと思いまして」

　と男は冷淡な口調で言った。しかし、顔は笑っている。

「どういうことだよ？」

「なんと言いますか、同じ部署がずーっと管轄を続けていると、必然的にそこに馴れ合いが生じてしまうため、定期的に管轄部署を交代するということに決定し、今年度から四課が担当することになったのです。担当部長のサカモトです」

なんだかムカつくやつが来ちゃったな。

「それで今日は、今年度決定した隅田川沿岸に住む路上生活者への救済手段の報告に参りました」

男は紙を取り出して事務的に読み出した。

「今年度より都知事は、現在、隅田川沿岸に住む路上生活者に対して都内のアパートを借り上げ、月二千円で入居出来るシステムを提案し、その議案が通りましたので希望者より順に入居出来るようになりました。

都は特別区と共同して公園でテント生活をするホームレスが地域生活へ移行することを支援するための『新しい取組』をはじめます。
1　事業の目的
ホームレスに低家賃の借上げ住居（都営住宅、民間アパート）を貸し付け、自立した生活に向けて支援します。あわせて、公園の本来の機能を回復します。

す」

2　事業の内容
・借上げ住居を二年間（更新あり）低家賃での貸付けを行います。
・自立した生活に向け、就労機会の確保や生活相談等を行います。
・これらは『資料』のステップを経て、行われます。
・事業は、ノウハウのある民間団体（社会福祉法人、NPO法人等）に委託して行います」

「随分、いい話だな。それに申し込むとどうなんの？」

「二年間、都が指定した都内に十ヶ所あるアパートに入居出来ます。住民票も要りません。ただ、こちらの書類へサインして頂ければいいだけです。事情により、本名を書けない場合は仮名でもかまいません」

「そんな、バカな話があるもんかよ！　なんで仮名でいいんだよ」

「一応、形としては都が借りていることになっていますので、なんら問題はありません」

「ったく、仕事する時は住所が無くっちゃできないのに、家を借りる時は大丈夫って、おかしな話だな。ただ、追い出したいだけじゃないのか？　書類を見せてみろよ、ほら」

おれはサカモトから書類を奪った。

「家賃は月二千円。しかし、水道代、電気代、ガス代は個人の負担になります。尚、一度このアパートに入居した者は二度と隅田川沿岸では家を建てないという誓約書にサインしてもらいます」

「それじゃ、仕事が無いやつはなんにも設備使えなくなるじゃねえかよ。しかも、二年経って仕事が見つからない場合はどうなるんだよ。それよりかは、仕事が無いやつに斡旋《あっせん》してやることを考えろよ。バカか」

と、おれは無茶苦茶な契約内容に腹を立てた。しかしこの一見良さそうな話に乗ってしまう路上生活者は多いはずだ。

「しかし現在、かなり大多数の方がこの書類にサインして頂いてます。洪水もあったために家も傷んできているようですから」

サカモトはニヤリとして言った。

こいつら建設省け、水門開けやがったし、なにを考えてんのか分からんな。

おれは即答で断った。

「そうですか、残念です」

と言ってサカモトはその場を去った。

アパートに入るということは、必ず仕事に就かなくてはならないことを意味している。二年間は極楽かもしれんが、その後は、普通の家賃に戻る。ということは最低でも月に一五万ぐらい稼がねばならなくなるのだ。

次の日、おれは驚かざるをえなかった。隅田川の路上生活者のほとんどが、その移住計画にサインしてしまったらしいのだ。

二年後はどうするんだ？　電気、水道、ガス代はどうするんだ？　と言っても、なんとかなるさ、今よりはマシだよという意見ばかり。そのうち仕事が見つかるさ、と言っては、もう早々と家の解体をはじめ出したのだ。

「スーさんもサインしたかい？」

と近くに住む男が笑顔で家を訪ねてきた。

「お前さん、なに言ってるんだよ。そうやってアパートに行ったとしてもどうやって稼ぐんだ？」

「なーに、二年間もあるからそのうち仕事も決まるだろうよ。まあなんと言っても隙間風の入って来ない屋根付きの家ってのは魅力的だね」

と男はムフフと笑って去って行った。

川沿いでは、東京都が国より先にホームレス支援事業を行ったことに対して、賛辞を送る者が多かった。しかし、その二年間という契約が切れた時にどうするかということについてイメージ出来る人間は少なかった。ほとんどの人間が、暖かい頑丈な屋根、壁がある家の中で生活をしたいと考えていた。そこに住めることは路上生活者に希望を与えたのだ。

「都知事、ホームレス問題について国に苦言を呈する、だってよ」

硯木は新聞の記事を読み上げた。川沿いで硯木、マーコ、クロ、ハシモト、モチヅキ、ゲンの六人が集会を開いている。話題はもちろん、このホームレス支援事業についてだ。

「モチヅキさん、他の連中はほとんどサインしちゃってるみたいです」

「なんだか、そのようだね。どうせ二年後になったら全員外に追い出されるのは分かっているというのに。ほとんどの人間は目先の利益しか見えてないね。わしは、永遠に花川戸公園にいるよ。スーさんはどうすんだい」

「おい、ハシモト、お前はどうするんだよ？」

「スーさん、たぶん、スーさんは止めとけというのは分かってるんですけど、俺もアパートに行こうかと思ってるんです……」

ハシモトは複雑そうな顔で言った。

「止めといたほうがいいぞ。あとで、どうせ困る」

「だけど、もう、ここにあと何年居れるかも分からないじゃないすか。最近はみなさんのおかげで『自転車』も盛り上がってきてますし、ここは一心発起してアパートを借りて、そこでまた学校をやろうと思ってるんですよ」

「そんなこと出来るわけないだろ。お前よく考えろよ！」

とおれは言ったが、ハシモトの意志は固かった。

「サチコもいつまでもこんなところに置いておくわけにもいかないし、仕事しまくって、仏壇を作ってあげて、暖かい家の中でゆっくりさせたいんです」

もうなにも言えなかった。それはハシモトが決めたことだ。

「お前はどうするんだよ、おい、クロ！」

よくよく考えると、クロはこのところおれが建ててあげると言ったのを断って以来、家が無い。

「もともとね、僕には、家なんて無いんだもん」

と意味不明の発言。

「なに言ってんだよ、クロ、訳が分からねえ」

「だからさ、あの流れていった家はさ、実は家じゃないんだよ」

「だから、それが意味分かんないって言ってるんだよ」

「あれは、アトリエだったわけ」

「ん？」

「だから、あそこはただのアトリエなのよ。まあ、よく徹夜でやってたから、あのまま寝ちゃうことがあったけどね」

「じゃあ、お前の家はどこにあるんだよ」

「ここだよ」

　と言って、クロは手を広げた。

「台東区」

「バカかお前は！」

「本当だよ。台東区に住んでいる、僕が人工盆栽をあげた家全部が自分の家なの。そういう契約をしてもらったんだよ」

「じゃあ、あの警察もなのか？　嘘言うな！」

「そうだよ。あそこも。でもあそこは、トイレ担当」

おれはピクリとしたよ。もしや？

「ご飯を食べさせてくれるところだって、台東区内に十軒あるの。その中の三軒が毎日来ても文句を言わない場所。大体が、寂しがりやの老人が多いけどね。ご飯なんかガンガン作ってくれる。逆に生活にハリが出ていいよ、って感謝されたりするよ。だから、僕はなんにも要らないってわけ。お金がまず要らない。ただ鳩にあげる餌と煙草の分は路上で拾って稼ぐけどね。他はすべて、この台東区の多くの人たちに支えられて生きてるってこと」

それをこいつは今の今まで、おれたちに言わずにきたらしい。

「だって、一度も聞かなかったから言わなかっただけだよ」

こいつは恐れ入った。どうりでふっくら太っちゃっているわけだ。

クロは人工盆栽作りを止めた今、家など必要なく、寝ようと思えばどこでも寝れるし、警察もたまにだったら泊めてくれるし、大体は八〇歳のおじいちゃんの将棋の相手をしたお礼に泊めてもらえるらしい。

クロ、お前は天才だ。

「しかも、最近では、リーも僕の方法を勉強してるんだよ」

なにをやってるんだよ、リー。

「なんだか、台東区中の老人たちの手助けをしながら、そのお礼に食べさせてもらったり、泊めてもらったりしているらしい。なんか、おれよりも巧くなっちゃいそうだよ、あいつ。勘がいいから。餃子、大人気だもん」

いろんな人生があるもんだ。

＊

隅田川沿いに住んでいた路上生活者は都の政策によって一人、また一人と都が借り上げたアパートへ移って行った。

彼らは、暖かい寝心地のいいであろうアパートを手にして大喜びであった。

人生、まずは住処《すみか》である。ここがしっかりしていないと人間働くことなんか出来やしない。移って行く人間は一様にそう感じていた。そしてこれから仕事を探そうと意気込むものもいた。そこには希望があった。

硯木と親しかった者も、当初は硯木と一緒に隅田川で生きていこうと考えていたが、アパートへ移った仲間の噂話などを聞くにつれ、次第に自分も安定した住居を手に入れたいと思うようになっていった。そして一人、また一人と隅田川から姿を消していった。

一番多かった時で二百軒もあった、隅田川沿いの路上生活者の家が、一ヶ月ほどで半減してしまった。

「すまないね、スーさん、やっぱり行って来るよ」

みな一様に、詫びながらも硯木の元を去って行った。

硯木はそんな状況になってもいつもと変わらず、アルミ缶拾いを続けていた。とにかく自分を理解してくれ、契約してくれるところを見つけ出し、着実に毎日の生活を向上させていた。硯木は完全に東京という都市を自分の家と同じ感覚で駆使《くし》していた。

この生活は、硯木にとって貧しい生活などではないのである。彼は、自分しか出来ない、自分で作り上げた、完全にオリジナルな生活を送れているという自信に溢れていた。

自分のための家など小さくていい。人間は、アイデアを使い、工夫し、方法を発明することで自分にとって必要な最小限の空間を発見することが出来る。さらに壁に囲まれた空間だけを家と感じるのではなく、脳味噌を使うことで、壁を通り抜けて広大な世界を自分の空間と体感出来る。

硯木は無意識にこの極小と無限大の感覚を同時に持ち合わせていた。彼にとって、自分が路上生活者であるということは、今はもう消え去っていた。

彼は自分のことを、住所も、コンクリート基礎でしっかり固められた家も持っていないが、地球という地面で生活する『ただの人間』であると考えていた。

硯木にとって、それはとても自由な気持ちになれた。

おれは家が減っていこうが、なんだろうが関係なく、とにかく働き続けたよ。毎日、家は減っていった。そりゃそうだ。ちゃんとした家が目の前にあるんだ。でも、この生活が自分にとって一番しっくり合っていると感じたおれには、それは当てはまらないだけだ。

家と家の間隔が空いて、家同士の関係も薄くなっていった。おれが寂しかったのはそれだよ。おれの生活はいつでも最高に調子がいいけど、やっぱり仲間が減るのは辛かった。

自前のカラオケセットも、いつの間にか宴会所が壊された時に、ついでにゴミ処理トラックに載せられて捨てられちゃったわけよ。

みんなが集まって毎日ドンチャン騒ぎしていたあの頃を思い出しては、なんとも言えない気持ちになってた。とにかく胸が痛かった。それでもとにかくおれは働いたよ。

そして、とうとうハシモトも契約書にサインをした。

「スーさん、ホントお世話になりました」

「おう。これからもしっかりやれよ。ちょくちょく顔出せよ」

「とにかく、『自転車』を頑張ります」

マーコは不思議そうな顔をしている。

「ねえ、ハシモト、なんでいなくなっちゃうの？」

マーコは現状を理解出来ていない。

「マーコ、ハシモトはちゃんとした家に移り住むんだよ」

「なに？　ちゃんとした家って。ハシモトの家はとーちゃんが造った、最高のちゃんとした家じゃない」

ハシモトはマーコの言葉を聞くと、項垂れた。

「す、すみません……。家って、一体なんなんでしょうね……」

と言うと、マーコはポツリと言った。

「ここはアタシととーちゃんの家だよ」

おれはマーコを誇りに思ったよ。お前は人間の中の人間だよ。

おれはなにがあっても、こいつと一緒に居続けようと心に決めた。

ハシモトは『自転車』の看板と風呂敷包みのサチコを小脇に抱え、入居するアパートへと去って行った。

ついに隅田川沿いには、おれとマーコだけになってしまった。

13

二〇〇五年四月。

今年もまた、春が来た。

隅田公園では桜が満開で、今年も花見をするために場所取り合戦で人々がしのぎを削っており、公園内は無数のブルーシートが敷き詰められている。

学校では入学式があったのだろう、正装をした小学生たちが母親と一緒に歩道を歩いている。そこに、大きな泥を被ったトラックが、左折のランプを灯しながら停止した。

子どもたちと母親が足早に通り過ぎた後、曲がります！　という機械音を鳴らしながら、トラックは隅田公園の中の特設駐車場に砂埃をあげながら入って行く。

トラックの荷台にはたくさんの白いコンクリート製のプランターが乱雑に積まれている。その中には、春の花が、赤、青、黄色、白、と偽物のように咲き乱れ、風に揺れていた。

トラックが停止すると、可動式の機械に乗った男が素早く操作し、荷台のプランターを次々と台車の上に降ろしていく。

現場長の、急げーという声が聞こえ、それに合わせて、労働者が台車を隅田川沿岸まで運んで行く。

建設省第四課は、誰もいなくなった隅田川沿岸の遊歩道に広大な花壇を設置するつもりのようだ。工事中を示す看板には『すみだがわクリーンフラワーパーク完成間近』と書かれ、そこにはコンピューターグラフィックスで描かれた、隅田川沿岸の巨大な未来予想図も掲示されている。労働者の手によって、元は路上生活者の家があった場所に次々と設置されていった。

隅田川沿岸一面にお花畑が広がり、まるでメルヘンの世界のような風景に変わった。

そして、その花満開の世界のド真ん中に硯木とマーコの家はたった一軒だけぽつんと建っている。

おれは、その花壇に座り、ハイライトに火を点けてすうっと煙を吸った。

横では、マーコが踊り回っている。

「ねえ、とーちゃん。なんだか、ディズニーランドみたいになったね」

と能天気なマーコはさらにぐるぐる回り出した。

花壇はさらに勢力を広めているようだ。見渡す限り、花の海。

さすがにおれまで、なんだか綺麗に見えてきちゃったからね。

向う岸も全面が花で覆われ、そこにはさらに、コンクリートで作られた木造風のペンキで塗られたベンチが設置された。あまりにも悪趣味な人工的な色で塗りたくられていた。

そして、なぜかベンチの中央には鉄の手摺《てすり》が脈絡がないままに付いていた。仕切りでもなさそうなのである。

おれはちょっと考えた。コレは一体なんだ？　そこに座って考えた。でも浮かばないもんだから、ベンチに寝転がって考えようとした。そして、おれは理解した。

このベンチは、長いのに、横になることが出来ない。おそらく、路上生活者がここで寝ないようにと、丁寧にも考えて作ったんだろう。

一体、なにがやりたいんだ。おれは怒ることも忘れて、ただ呆れて、そして疲れた。

横になれないベンチだったら、はじめから作るなよ。だったら椅子作れよ。小さくて、寝ることが出来ない椅子を。

すると、次に椅子のようなものが目に入ってきた。それは、とても不思議な形をしていた。

鉄で作られたそれは、椅子のようではあるが、全く座ることなんて出来ない、座面が球体のものであった。

もう、おれは無視することにした。いいじゃないか、その徹底ぶり。

そして、そこにはやはり小さな子どもを連れた夫婦やら、退職した年金暮らしの暇な老夫婦やら、カップルがのんびり過ごそうとやって来た。しかし、彼らもまたその、設置された、ベンチ風、椅子風の不思議なオブジェの前で困惑している。仕方がないから、ちょっと座れそうな場所を各自で工夫して見つけている。変な光景であった。

ついに、花壇の勢力はおれの家のギリギリまで詰め寄り、さらにおれの家が、そばを歩く一般の人々に見えないように配慮して、目隠しの看板が作られた。その看板には、『クリーン運動実践中！　みんなで隅田川を綺麗に！』と書いてあった。

おれはただ受け入れ、毎日ひたすら仕事に打ち込んだ。

マーコはそれでも毎日よく踊っていた。

これまで、食事の時間になると漂う焼き魚の匂いが素晴らしかった隅田川沿岸は、あっという間に、ピカピカの虫一匹も寄せ付けない美しい花畑公園へと変貌していた。

看板は徐々に巨大化し、気付いた時にはおれの家はすっぽり看板に隠れてしまっていた。

おれの家には光も入らなくなってしまった。

ようやく、マーコは異変に気付き、家の中に引きこもっていた。マーコは誰もいないのに、独り言を喋り出し、まるで宴会でも開いているように振る舞った。カラオケボックス状態だった昔を思い出しているのだろう。サチコが死んでから、女性と話すことも無くなり、マーコの精神状態はギリギリであった。

おれはこれからどうするか、ひたすら考えた。とにかくアイデアを練ることにした。気分転換にハシモトの家を訪ねてみることにした。


ハシモトに手渡された住所を頼りに行ってみると、あいつが住んでいるのは台東区内の古いアパートであった。ハシモトがいるらしい部屋のドアの前に立つと、しっかりと『自転車』の看板がある。

おれはなんだかほっとして、ドアをノックした。

すると、髪も髭もバッサリ切って、さっぱりしたハシモトが元気に出て来た。

「スーさん！」

「元気か？」

「はい、元気ですよ。まあ上がってください！」

おれは家の中に入った。六畳一間の普通のいい家じゃないか。久しぶりに見る風景だ。なんだか落ち着いた雰囲気が流れている。

ハシモトはお湯を沸かして、お茶を煎れてくれた。

「どうだ？『自転車』は」

「うん。まあぼちぼちですよ。とにかく、今は路上生活で培った根性でもって、なんでも片っ端から仕事もやってます。夜から、朝まで仕事をやって、金稼いで、昼過ぎから自分で勉強して、夕方から子どもたちに教えてます」

「ほー、充実してそうだな。子どもの数は増えたか？」

「うーん、それが全く。まあ三人はかなり楽しいようなので、おれはとにかく生徒が何人だろうと、やって行きますよ。スーさんに、教えられましたからね。人はちゃんと見てるってことを」

ハシモトは自信に溢れていた。

「なんだか、最近、隅田川がすごい変わってるらしいですね」

「そうなんだ。お花畑になってるよ。今、どの花も満開だよ。おれの家以外はみんな綺麗だよ」

「まだ隅田川に居れそうなんですか？」

ハシモトは心配そうにおれに言った。

「よく分からんが、おそらくもう少しで駄目になるんじゃないか」

と、おれが言うと、ハシモトが大きな声で言った。

「えらく弱気で、スーさんらしくない！」

「そうだな」

「マーコは元気です？」

「大分、元気ないな……」

とおれは正直に言った。おれも疲れていたんだろう。

「そうですか。やっぱりこういう時はクロなんじゃないですか？　最近会ってます？」

「そういえば、全く会ってないね」

「じゃあ、ちょっと行ってみましょうよ、スーさん。久々にみんなで会いましょうよ」

おれは、ハシモトに任せることにした。

でも、クロはどこにいるんだ？

おれらは適当に歩きながら、最近の近況などを話し、二人で台東区をぶらぶらと歩いてクロを探すことにした。

おれたちは浅草六区にいた。おれが、上京した当時よく行っていたところだ。まめ場外馬券売り場『ウインズ』と飲み屋の往復だったけどね。

当時宿泊していた『ふもと旅館』は、今は布屋になっていた。気が付けば、あれからもう六年が過ぎていたのだ。

ついこの前財布を盗まれたような錯覚に陥っている。普通の生活と路上の生活は時間の経ち方が違うのだろうか。

『浅草花やしき』の横を通り過ぎ、馴染みの99円ショップで果物でも買って食べようかと思ったその時である。目の前には、なにやら駄菓子屋みたいな店が、花やしきの壁沿いに出来ている。店といっても、屋根があるわけじゃない。しかも、店主は椅子に座って寝ていた。

おれはそれを観察した。これはつまりは露店であるようだ。許可なんか絶対取ってない。あまりにも適当な店だ。

男はリアカーの上で商売をしている。リアカーの上を多少改造して、棚のようなものを作った挙句、その上に安そうな駄菓子をやる気無く陳列している。見るからに売る気無しにもかかわらず、店としてそこに存在感たっぷりに建っている。

すると、風が吹き、リアカーの上に被せてあった黒い大きな布が翻《ひるがえ》り、隠してあったものがチラリと覗き見えた。

「うっ」

おれは衝撃で声を漏らした。

見えたものは、まさに生活道具で、下着やら、フライパンやら、本やら、服やら、調味料やらがゴロゴロと転がっている。そこはもうタダの生活の場と化しているのであった。

露店のように見えたリヤカーは、実は動く家だったのである。

こいつはなかなかやるな。こらこら、ここで売ったりしてんじゃないよ、などと注意されたら、すぐにリアカーで移動するんだろう。そして、朝から晩まで、至るところで売り歩き、公園を見つけては手を洗い、顔を洗い、便所を借り、水を飲み、そして、次の目的地へ行く。いや、むしろ目的地などなにも無く、ただ心の赴くまま歩きながら、適当な駄菓子を売って生活しているのだろう。

その時、ピンとおれは閃いた。

なにをおれはこの場所にこだわろうとしているのか？　もっと自由になれるはずだ。もっと軽やかであれ、もっと柔軟であれ。そう、竹のように。

そうだ、チョウメイさん……。ああ、どこにいるのか、チョウメイさん。会いたい、今無性に会いたい。

なにも考えない、ただ、そのままに従おう。おれは生きて行く。地面の上で生きて行く。

おれの体は軽くなっていた。


ハシモトは横で不思議そうな顔をしている。

「スーさん、どうしたんですか？　ぼーっとしちゃって」

「なに言ってるんだよ、今、閃いたんだよ」

「なにが？」

ハシモトは訳が分からない。

その時、目の前を黒い大きな物体が横切った。

「クロ！」

おれとハシモトは二人で同時に、そう叫んだ。

「あれ、スーさんに、ハシモト！」

クロは相変わらず、太っていた。

「最近もずっと、台東区を家として生きてるのか？」

とおれは聞いた。

「そうだよ。しかも、本当にリーのやつが伸びてね。もう今や、あいつにも食べさせてもらってるよ」

なんだよ、その訳の分からん関係は。

「スーさんはどうなのよ」

とクロが聞いてきたので、おれはさっきの閃きを慌てて思い出した。

そして、こう言った。

「おれは、リアカーの上に家を建てて、マーコと一緒に日本一周の旅に出ることにしたよ」

二人は驚いた顔をしたが、その後、二人揃って手を叩いて拍手をした。

「スーさん、それ最高ですね！」

「なんか飛び越えちゃったね！」

そして、興奮したおれはそのまま、二人と別れてまた隅田川へと戻って行った。

*

おれは、リアカーの寸法をメジャーで測り、今まで住んでいた家を解体しながらどんどん直感だけに従ってリアカーの上に家を造りはじめた。

今度の家は誰にも操作されない。どこにも接続されていない。固定されずに、常に動き続けることが出来る。そんな家を造ろう。誰にも考えつかない工夫と発見に満ちた家にする。

「なんなの、とーちゃん、わー、家が変わるの？　すごいね、ね、ね」

マーコは周りでわーわーうるさいので、リアカーの上に乗せて、造り続けた。

見たこともないようなものを作る。おれはどんどんと上に向って家を造り続けた。

茶室みたいなものが出来たかと思うと、その横にはガラス張りの近代的なサンルームの空間が飛び出した。

屋根はビニールシートでテント状にし、壁は段ボールで作った。

隙間には拾って来た大小様々な大きさ、素材の窓を嵌め込み、いろんな角度から家の中に光が差し込むようになった。

マーコはその光、一つ一つに過敏に反応し、キャッキャッと騒いでいる。

ついにはその家は三階建てとなり、さらに拾ってきた鉄パイプを煙突に見立てて、屋根に取り付けた。

高い屋根に座って辺りを見回した。

「もうこれからは、日本中すべてがおれの家みたいなもんだ」

すっきりした気分だった。なんにもこだわるものは無い。おれは自由だ。

下を見ると、マーコが窓を開けたり、閉じたりしている。

何人か、道を行く人たちが建設中のおれの家を、何事かと見に来ている。公園では座れる椅子が無いから落ち着かなそうだが、みんな地べたに座って見ている。

おれは作業を急がねば。

バッテリーを四つ積んで、チョウメイさんに頂いていたソーラーパネルを装着した。これで、自家発電出来る。

さらに、自分の自転車に付いている照明用の発電機をリアカーの車輪に接続した。少々音がするけど、これでも発電出来る。おれの家は動きながら、自動的に発電するシステムを備えた『可動式発電ハウス』になった。

次第にリアカーの上の家は塔のようになってきた。いや、そんな綺麗なもんじゃない。ボコボコで、隙間だらけだ。

すると、マーコがその隙間になにかを入れている。

「お前、なにやってるんだよ？」

「とーちゃんが言ったじゃん、隙間には新聞紙埋めろって」

そう言って、マーコは隙間を新聞紙で埋めはじめた。

「とーちゃん、早く完成させて、どっか行こうよ」

マーコはもう落ち着かないようすだ。

おれは拾ってきたクリスマス用のたくさん連なった豆電球をバッテリーに付けた。そして、クロから貰った人工盆栽のデカイやつを屋根に載っけた。

おれは点灯スイッチを押した。

まるで、おとぎ話に出てきそうな謎の秘密基地のような家が姿を現した。

とうとう、ド派手な移動式住居が出来上がったのである。

すると、少しずつ拍手が聞こえてきた。不思議に思って駆けつけていた人たちが完成を祝ってくれたのだ。それは異常なほど花が咲いている清潔な公園の中で、異彩を放って汚かったが、人々はむしろ、それを美しいと感じたのである。

その時である。

バリバリッと家の前の看板が剥がされた。

「スーさん！」

そこにいたのは、ナカちゃんとコバヤシであった。

「スーさん、守れなくて、すまんよ」

とナカちゃんは謝り出した。

「おいおい、ナカちゃん、止めてくれよ。もう、いいんだよ。おれは決めたから」

「えっ、どうするんだい？　なんだ、そのデカイのは」

「これが、おれとマーコの新しい家だよ。このリアカーハウスで、おれたちは移動しながら生きて行くことにしたよ」

「すげえな！」

ナカちゃんとコバヤシは無言のまま上を向いて、ぽかーんとしていた。

「じゃあね。今までありがとうよ」

とおれは二人に向かって敬礼をした。

マーコは家の中で飛び跳ねている。

おれはリアカーの取っ手を持って家を引っぱり出した。マーコが窓から顔を出して叫んだ。

「とーちゃん、あっちー」

目の前はフラワーロードが広がっている。

「とーちゃん、お花綺麗ねー」

なんだか、おれらを祝福しているみたいだ。そうか、花はなんにも悪くねえもんな。

おれとマーコと移動式住居は、咲き乱れる花壇の横をじりじりと進み出した。

すると、前方にハシモトとクロとリーがいた。

「なんだか、いろんな人が集まって来て、すごい騒ぎだね」

とクロ。

「おひさしぶりです。スーさん。かっこいいです」

久しぶりのリーは、日本語が上手くなっていた。

「スーさん、すごいですよ。子どもたちに見せたいですよ。この姿。路上の人間もみんな知ってます。モチヅキさんも」

とハシモト。

「ありがとな」

とおれはみんなにお礼を言った。すると、

「スーさん、これをあげるよ」

と言って、クロはおれに白い布を手渡した。

「なんか、お前にはいつも貰ってばかりだったな」

とおれは言って、そのプレゼントを広げた。

『硯木正一＆マーコ　リアカーハウスで日本一周敢行中！』と、クロによる不思議な字体で描かれた、継ぎはぎだらけの垂れ幕であった。

「やられたな。これ」

とおれは笑った。

「いいでしょ。これで、ホームレスとかそういう次元じゃなくなっちゃうんだからねえ。なんか道歩いている人から応援とかされちゃうよ、きっと」

と言うクロの目には涙が溜まっていた。

「じゃあスーさん、ここに付けておきますよ」

とハシモトとリーは、リアカーの上に載っている家の壁に、その日本一周敢行中垂れ幕を目立つように貼り付けてくれた。

「あっ、そうだ、あのサウジアラビアに行ったムカイさんとここで会う約束してるんだった」

とおれは思い出した。

「いや、大丈夫だよ。スーさんは旅立ったって伝えておくから」

と、クロ。

「そっか、お前はずっと台東区だもんな」

「リーもいるし。高齢化社会は僕ら二人が守って行くよ」

「お前らの方が、じいちゃんばあちゃんに食わせてもらってるんだろ」

二人は肩を組んで笑った。


「おーい」

と声がするので、ぐるりと見渡すと、モチヅキさんとゲンが、堤防の上から手を振っている。

「モチヅキさーん。来てくれたんですか。今まで本当にありがとうございました」

とおれは大声でお礼をした。モチヅキさんは黙って頷いている。

ゲンがなにかをこちらへ投げてきた。

それは、ハイライトの手作りボックスセットだった。よくこんなに集めたもんだ。

「また戻って来いよー!」

とゲンは笑っていた。

「とーちゃん、早く行こうよ!」

マーコが窓から顔を出して叫んでいる。

さあそろそろ出発だ。

「じゃあな」

クロ、ハシモト、モチヅキさん、ゲン、リー。またな。

またどっかで会おうじゃないの。

おれは巨大な塔と化したリアカーハウスを少しずつ引きはじめた。

すると、車輪は動き出し、それに合わせ、いろんなところの細工や仕掛けが賑やかに動きはじめた。それを見て、みんなはどっと笑いに包まれた。

おれはさらに引き続けた。とうとうお別れだ。

「マーコ、おれは引いてるから手が振れないだろ。お前、しっかりみんなに手を振っとけよ」

すると、マーコは窓を全開にして、手を振り出した。

頂上にあるソーラーパネルは光が当たり輝いている。スピーカーからは千昌夫と香西かおりの歌が同時に流れ出し、混じり合い、まるで異国の音楽のようだ。


フル稼働した発電機の音が、だんだんと遠ざかる。

硯木正一は、ゆらゆらと揺れる家にマーコを乗せて引っぱり、少しずつ東京の街の中へ消えて行った。

硯木とマーコがいなくなると、人々は隅田川から去り、それぞれ自分の場所へと戻って行く。

そして、川沿いには誰もいなくなった。

文庫版あとがき

この小説に出てくる硯木は、僕が２００６年に出会った隅田川河川敷に住む路上生活者である鈴木さんがモデルになっている。この小説を書き始める直前に「ＴＯＫＹＯ０円ハウス０円生活」という彼についてのノンフィクションを書き終え、それでもまだ何か書き足りないと思い、これまで出会ってきた路上生活者たちの記録などをさらに織り交ぜ、初めて小説を書いた。

だから、ここに書かれている全ての事柄は、事実に基づいている。

物語を書きたかったからというよりも、もっと細かい具体的な事柄を書いてみたいという思いが、この小説を書く動機となったと言えるのかもしれない。

具体的に、そして高い解像度の視点を持って世界と接する。

家とは、一体何なのか。生活とは、いかに作られるものか。一日にどれくらいのエネルギーが必要なのか、どれくらいの広さがあれば満足できるのか。

僕たちはそんなことを考える術《すべ》を持てなくなっている。

家が商品に過ぎなくなっていること。土地を私的所有できると思い込んでいること。お金が無ければ生きていけないということを当然だと考えていること。

ふと立ち止まってこれらのことを考えても、思考がもっとさらに先に進んでいかない。それは仕方が無いことだと止まってしまう。そして、気付いたら朝が来てまた日常生活が始まっていく。

そんな時に、2011年3月11日の惨事が起きました。東日本の沿岸は津波で人や家が流され、福島第一原発事故で見えない死の灰に覆われてしまい住むところを追われてしまった。

家、土地所有、エネルギー。僕が考えていた問題が全て浮き上がってきた。しかし、これは突然の出来事ではない。元々、僕たちはそのような世界で生きていた。

そして僕は妻と娘を連れ、住んでいた東京を離れ、生まれ故郷である熊本に拠点を移した。

一方、隅田川のエジソンこと鈴木さんは、隅田川を離れず今も元気に暮らしている。

僕は、熊本で「新政府」なんてものを立ち上げて、東日本からの避難者のシェルターとしての「ゼロセンター」を立ち上げたり、福島の子供50人を3週間熊本に招待するサマーキャンプを企画したりした。

鈴木さんは今日もアルミ缶を拾っています。

図らずも、僕は硯木のように移動し始めた。

でも、鈴木さんは今も隅田川にいる。

これからお互いどうなるのか、見当もつかない。

しかし、僕はこの先が分からない世界の中で生きていることになぜか希望を感じているのだ。

12Vバッテリーに入っている電気をまるで生き物のように扱った硯木の姿が、これからを生きのびるための具体的なヒントにならないか。

絶望こそが「考える」ことを促す。

具体的な絶望にちゃんと焦点を合わせて生きよう。僕はそう考えている。

2011年12月29日　熊本にて　坂口恭平

解説

石川直樹

荒削りだが、坂口恭平氏のエッセンスが凝縮された爽快《そうかい》な小説である。

主人公は硯木正一、55歳、通称スー。物語は、元土方で建設機械や道具の扱いに長《た》けたスーが、勤めていた福島の建設会社の倒産によって上京し、東京にたどり着くところからはじまる。酔っ払って浅草の公園で眠ってしまった彼は、建設会社の社長から餞別《せんべつ》としてもらった金や一切の家財道具が詰まったカバンなど、全てを盗まれてしまうのだ。

無一文のスーは、隅田川の橋のたもとにたどり着く。そこで、自分同様の境遇にある路上生活者たちと出会い、まったくのゼロから新しい生活を組み立てていくことになる。

著者のあとがきにもあるように、スーは実際に隅田川で暮らしていた人物をモデルにしている。この小説の面白さは、著者が見聞きしたのであろう路上生活者の暮らしぶりの細部にある。都市を生きるための知恵や、東京というカオスに存在するあらゆるモノを十全に利用しまくる知識が溢《あふ》れ出ていて、今まで自分が知らなかった「世界の使い方」とも言うべき驚くべき未知の技術の詳細が描かれている。

スーの姿勢で興味深いのは、基本的にルールを破らないということである。取り締まりという体でやってくる警察ともケンカせず、逆に東京都の条例や区の決まりを教えてもらう。ゴミを拾うといっても他人の敷地にある廃材などを勝手に持っていけば泥棒になってしまうので、きちんと事情を説明してお願いしたうえで受け取る。すると、廃材ばかりでなくそれ以上の道具などを譲ってくれる人が現れたりもする。換金できるアルミ缶にいたっては、大量のアルミ缶を廃棄するラブホテルの支配人と、口約束ではあるが定期的にもらうという「契約」を結ぶことにも成功している。

何かに真っ向から対抗すれば、どんなに強い人間でもどこかが摩耗《まもう》する。ましてや、スーをはじめとする路上生活者の社会的立場は弱い。その弱さを、抵抗によって強い立場へと〝変化〟させようとするのではなく、流れに逆らわず、しかし誰も目を付けていなかった部分へと意識を〝拡張〟する。力で押し戻すのではなく、ふわりとひっくり返すのである。それはオセロの四隅を奪ったかのごとく、自分の領域をじわじわと広げていくことに成功し、読んでいて気持ちがいい。

「猟師の目で街を見るようになったら、いろんなものが確率変動した」とスーがつぶやくように、何もかもが逆転していく。ゴミ捨て場は宝の山と化し、川岸は金のいらない土地となり、ダンボールやブルーシートは家屋へと生まれ変わり、カーバッテリーは日々の電気へと化ける。こうした処世術は、都市を生き抜くうえで極めてスマートな考え方であると認めざるをえない。

世の中に溢れる諸問題を二項対立としてとらえると、解決策はなかなか見えてこない。力と力をぶつからせるのではなく、別の位相へと滑り込んでいく。反発するのではなく、すぐに引き下がって別の場所へとジャンプする。

そうした姿勢は、スーのこんな発言にも現れている。「おれは建設省に対して不思議と反抗的な感情が無い。一時撤去のおかげで、おれは家を組み立てるのが速くなったし、毎回家を壊すおかげで、どの部分が現在調子が悪いか、月に一度、検診することが出来るようになった。」また、家を建てる際には、奈良の法隆寺の作り方を例に挙げる。「キツキツに作りすぎるとすぐにポキッと折れるからね。緩すぎても駄目だけど。その曖昧な状態を作るのが、難しいし、楽しいわけよ。」

固定されない柔らかい生き方は、彼が本来持っていた性格なのだろうか。長年の土木工事によって学んだ身体知なのだろうか。とにかく、スーという男が、会社員のように何もかもがっちり固定された当たり前の暮らしではなく、明日はどうなるかわからないような流動的な路上生活に合っていたのは確かだろう。

著者である坂口氏は、その後『ゼロから始める都市型狩猟採集生活』と冠された本を上梓《じょうし》している。タイトル通り、都市というジャングルのなかで獲物を獲り、必要なものを採集しながら生きるための指南書ともいうべき本である。そして、その原型は本書にあった。

最初はコンビニなどでもらった弁当をはじめ、冷えた食べ物を食していたわけだが、やがてカセットコンロの火を使うことを覚え、さらにはカーバッテリーによる電気を使用して、村のようなコミュニティが生まれ、隅田川文明ともいうべきものが開花する。電気が初めて開通した場面などは、感動的でさえあった。

獲物は固定されずに常に動いているから、季節や時代や場所によっても異なる。一見すると、一般社会から隔絶されているようにも思える路上生活だが、実は最も密接に社会と繋《つな》がっている。彼らは世界から押し寄せる波を最初に受け止める防波堤の縁に立っているようなものだ。テレホンカードが金になった時代が終わると、アルミ缶の時代がやってくる。金属の値段が高騰したことを敏感に察知すると、スーもまたアルミ缶拾いを主な生計を立てる手段にしていくのだった。

多くの人がビールを飲みまくるクリスマスと忘年会シーズンは、アルミ缶収穫のベストシーズンでもある。また、隅田川の花火大会の日は席取りをしていた宴会客らがシートを置き去りにして帰って行くので、年に一度のボーナスの日よろしく、ブルーシートが大量に手に入る。セブン-イレブン裏の駐車場に生えている木の一本がタラノキであることに気づいてタラの芽を採り、とある公園の柿の木の葉っぱは天ぷらにすると美味《うま》いことを発見する。何かを持っている者は、持っていない者に分け与え、条件が成立すれば物々交換で欲しいモノを手に入れる。

小説に登場するこうしたエピソードのすべては、その後の『ゼロから始める都市型狩猟採集生活』へと繋がっていくのだろう。ただ、『ゼロから〜』と違って、小説としての本書が興味深いのは、都市における狩猟採集の実態ばかりでなく、原初の人類を彷彿《ほうふつ》させるような人物が登場することだ。アーティストのクロや、パートナーとなったマーコが、それである。

芸術は人類が誕生した瞬間から完成されていた。クロは台東区全体を我が家としながら作品を制作し続け、自分の存在を脅かすかもしれない警察官とも、その作品を通じて交流を保っている。作品自体のレベルはどうであれ、自らの痕跡である作品を爆弾のようにあちこちに投下して足跡を残していくクロは、歩いた道行きで壁画を描き、それを神話化していくオーストラリアのアボリジニのような男だ。

42歳のマーコはさらにやばい。語彙《ごい》は少ないが、全身でコミュニケーションをとる様は、まさに原初の人類そのものだろう。怒ると犬のように嚙《か》み付いたり、接吻に激しく驚いたり、誰のためでもなく自分のために、しかも命を燃やすように精一杯声を張り上げて歌ったりする。人が歌っていると、ハモるわけではなく、そこに全く別の自分の歌をかぶせていく。常に全力で生きているから、お金を持たせると一気に使ってしまう。節約や預金や保険や念のためとかそういった概念が、ない。

こうした登場人物が、隅田川における、スーの都市型狩猟採集生活を彩り、物語はクライマックスへと向かっていく。都や国がホームレス支援事業なるものを推進させ、隅田川岸に住む路上生活者のために都内のアパートを借り上げるというのだ。期間は二年、そのあいだに仕事を探させてホームレスの自立を促すという。

村のようになっていた隅田川の住人たちは、この政策によって徐々に減り始め、スーとマーコのまわりからは人がいなくなっていく。そのとき、彼らはどうするのか。その選択は、図らずも坂口恭平氏の人生とも重なっていく。

坂口氏は現在、郷里の熊本に家族で暮らしている。福島の原発事故を受けて、できるだけ遠くへと避難し、ゼロセンターという基地を作って避難者を受け入れたり、新政府なるものを立ち上げている。一方で、硯木ならぬ実際のモデルになった鈴木さんは今も隅田川に暮らし、以前と同じようにアルミ缶を拾って暮らしているという。坂口氏がスーと異なっているのは、立ち退きを迫られてやむを得ず東京を離れるのではなく、寺子屋「自転車」を作ったハシモトのように、自主的に移動しはじめたということだ。何が正しくて、何が間違いであるかは誰にもわからない。それ以前に、人生の選択に正解も間違いもない。現在進行形の世界がここに在《あ》る、ただそれだけのことだ。

ぼくは小説の中の硯木がその後どうしているかが気になる。旅に出たスーが、その後日本のどこかであの震災に遭遇したら、どのように振る舞うのだろうか。チョウメイさんは家という船に乗って、どこに消えたのだろう。ハシモトの教え子はどんな青年になっていくのか。そして、人がいなくなった隅田川のその後は……？　いつかこの続編が生まれることを期待したい。

坂口恭平君（あえてここから君付けにする）とぼくが初めて出会ったのは、青山の奥まった場所にあるカフェだったと記憶している。彼と待ち合わせをしたわけではなく、打ち合わせか何かで二人が偶然そこに居合わせただけのことだ。彼は声のボリュームが大きく、意味もなく威勢がいいので、気にしているわけではないのに、どうしても意識がそちらにいってしまう。そのときは、共通の知り合いである編集者がお互いを紹介してくれて、挨《あい》拶《さつ》を交わした程度で終わった。

次に会ったのは、池袋だった。ジュンク堂という大型書店で、彼の著書『TOKYO一坪遺産』の刊行を記念した対談のゲストに、なぜかぼくが呼ばれたのだ。池袋駅の出口を出て雑踏のなかを歩いているときに、彼と再会した。坂口君はハナからケンカを売るような態度だった気がする。そして、特に打ち合わせらしきものもしないまま、満員のお客さんの前で対談が始まってしまった。彼は最初からぼくに攻撃的な質問をいくつも浴びせかけてきて、それをいちいち打ち返しているうちにいつのまにか対談は終わった。

以後、ぼくは彼と何度も会うようになった。群馬の倉庫で行われたクラブイベントに行ったり、友人の編集者の結婚式でも出会った。どちらの会場でも、彼は周囲の人だかりに目もくれずに陶酔状態で一人身体を揺らしていた。本書を読むと「おまえがマーコじゃねえか」とツッコミたくなるが、きっと、スーもモチヅキもクロもハシモトも、本書の登場人物の誰もが坂口恭平という希《け》有《う》な人物の一部なのだろう。

一括《ひとくく》りにできない男、坂口恭平のエッセンスが本書に凝縮されていると冒頭で述べたのは、そういうことである。坂口君自身は煮ても焼いても食えない奴ではあるが、同世代の表現者のなかでは、行動や発想がずば抜けて面白い。(時々、間違っていることもあるけれど)。そんな彼が自らの世界観を反映させて思いっきり自由に描いた初めての小説が、面白くないわけがないのである。

――写真家

この作品は二〇〇八年四月青山出版社より刊行されたものです。

隅田川《すみだがわ》のエジソン

坂口恭平《さかぐちきょうへい》

平成24年3月5日　初版発行

発行人――石原正康
編集人――永島賞二
発行所――株式会社幻冬舎
〒151-0051東京都渋谷区千駄ヶ谷4-9-7
電話　03(5411)6222(営業)
　　　03(5411)6211(編集)
振替00120-8-767643
印刷・製本―中央精版印刷株式会社
装丁者――高橋雅之

幻冬舎文庫

ISBN978-4-344-41825-7　C0193　さ-33-1